KB124649

같이
걸어
도

나
혼자

데라치 하루나 지음
이소담 옮김

같이
걸어도
나
혼자

みちづれはいても、

ひとり

寺地はるな

다산
책방

『같이 걸어도 나 혼자』가 한국에서 출간되어 진심으로 기쁩니다. 바다 건너의 독자 여러분에게 전달되는 저의 첫 소설입니다.

제게는 비스코라는 친구가 있습니다. 십대부터 사십대가 된 지금까지 너무 가깝지도 멀지도 않은 관계를 유지하고 있는 사이죠. 비스코는 미인이고 패션 감각도 뛰어나서 저는 자주 그녀의 외모를 칭찬하곤 합니다. 그러면 정말 많은 남자들이 "사실 속으로는 자기가 더 아름답다고 생각하죠?"라고 말합니다. 악의라곤 없이 해맑은 얼굴로요. 여자들은 모두 겉으로는 사이좋게 지낼지라도 속으로는 시기하고 미워한다고 일말의 의심 없이 믿는 모양입니다.

'여성에게 진정한 우정은 성립하지 않는다.' 어려서부터 자주 듣던 말입니다. 저는 오래전부터 이 말에 '그럴 리 없어'라고 반문해왔습니다. 이 책도 이런 반발심에서 쓴 것일지도 모르겠습니다.

여성에게 진정한 우정이 존재하지 않는다니요, 그럴 리 없습니다. 그렇다고 저는 같은 여성이라고 해서 반드시 서로이해하고 연대할 수 있다고 생각하지도 않습니다. 여성이라는 커다란 범주 안에 제가 있고 여러분이 있고, 또 저 사람이있고 그 사람이 있는 것처럼 제각각 다른 색과 형태의 마음을 품고 있을 테니까요.

위에서 말한 남성들은 깊은 사색을 거친 뒤에 저와 비스코의 관계를 규정한 것이 아니라 그저 '보통'이라고 여겨지는사회의 통념에 근거해 발언했을 뿐입니다. 세상의 일반적인상식에 따라 행동하는 것은 자기 머리로 생각하는 것보다 훨씬 편하니까요.

세상의 보통이라고 여겨지는 것들에 일일이 '왜?'라는 의문을 던지려고 하면 피곤합니다. 주변 사람들 얼굴에도 '거참예민한 사람이네'라고 쓰여 있어요.

그렇지만 저는 앞으로도 계속 '왜?'라고 질문할 것입니다.

지금까지 살아온 인생에서 보통이라고 믿었던 것이 정말로 옳은지 하나하나 검증하고 싶습니다. 다른 누군가의 '왜?'라는 의문을 진솔하게 받아들이고 싶습니다.

'여자는 이래야 돼'라는 편견에 멋대로 휩싸이기 싫고, 저 또한 '남자는 이래야 돼'라는 편견을 갖고 있지는 않은지 항상 경계하며 살고 싶습니다.

사회적 통념에 의문을 품는 것 자체에 죄책감이나 거부감을 느끼는 사람도 있을 수 있겠죠. 그런 분들이 이 책을 통해 세상의 보통이라고 여겨지는 것에 의문을 갖게 된다면 그보다 멋진 일은 없을 겁니다.

2018년 7월 3일

데라치 하루나

1. 여기부터 반환점

유 미 코

천천히 한 걸음을 내디뎠다. 걸음을 옮길 때마다 아침에 가까워진다. 동쪽을 향해 걷고 있기에 그렇다. 까만 밤에 하얀 물감을 뒤섞은 듯이 세상이 차츰차츰 밝아졌다. 집에서 막 나왔을 때는 주변과 어울리지 않게 붕 떠 있던 운동화 앞코의 새하얀 고무창이 조금씩 세상과 어우러졌다.

걸어. 머릿속에서 목소리가 들린다. 항상 들리는 것은 아니다. 그래도 나는 그 목소리를 들으면 가만히 있지 못한다. 당장 밖으로 나가야 한다.

걸어. 목소리의 주인공은 한 사람이 아니다. 어떨 때는 초등학생 때 엄마한테 뺨을 맞고 집 밖으로 쫓겨난 나를 발견

11

하고 안쓰럽다는 듯이 미소를 지으며 코피를 닦아준 동네 아저씨의 목소리로 들린다. 또 어떨 때는 중학생 시절에 "책을 많이 읽으렴. 책은 너를 저 먼 곳으로 데려가 줄 테니까"라고 조언해준 국어 선생님의 목소리로 들린다. 별거 중인 남편 히로키의 목소리로 들릴 때도 있다. *유미, 걸어.* 히로키의 목소리는 다른 사람의 목소리보다 또렷하게 들리지만 현실에서 그런 말을 들은 적은 없다.

유미코를 유미라고 줄여서 부르는 사람은 히로키뿐이다. 친구들은 다들 나를 유미코라고 불렀고 엄마는 돌아가실 때까지 '너'라고 불렀다.

손목시계를 보았다. 여기까지 걷는 데 30분이 걸렸다. 다시 30분 걸려 돌아가면 한 시간 정도 걷는 셈이다. 여기가 반환점이다. 미련 없이 발길을 돌렸다. 요즘 반환점이라는 말이 이상하게 마음에 든다.

두 달 남짓 후면 다가올 새해에는 마흔 살이 된다. 나와 나이가 같은 여자 배우가 텔레비전에 나와 인생을 팔십 년이라고 치면 지금이 딱 반환점이라고 말했다. 그렇지만 모든 사람의 골인 지점이 여든 살은 아니다. 엄마는 쉰두 살에 죽었다. 그때 나는 스물다섯 살이었다. 아파트 십 층에서 뛰어내렸다는 연락을 받고 허둥지둥 달려갔을 때, 엄마는 이미 숨이 끊어진 뒤였다.

일 년 전부터 이사 와서 살고 있는 싸구려 아파트의 이름은 '메종 드 리버'다. 강변에 있으니까 메종 드 리버라니, 생각이 없는 건지 아니면 나름 깊은 뜻을 담은 건지 모를 이름이다. 메종이라는 그럴싸한 외국어와 어울리지 않게 낡아빠진 이 층짜리 목조 건물은 벽이 너무 얇다. 옆집 화장실에서 변기 뚜껑을 올렸다 내렸다 하는 소리가 들릴 정도다. 옆집에 드나드는 역대 남자들이 하나같이 변기 뚜껑을 요란스럽게 다뤘기 때문인지도 모르겠다.

이사를 오고 얼마 지나지 않아 옆집에서 사랑을 나누는 소리가 들렸을 때는 당연히 당황했지만 금방 익숙해졌다. 옆집 사람도 남에게 일부러 들려주려는 것은 아닐 테니 그 이후부터는 옆집에서 일을 시작한다 싶으면 귀마개를 끼거나 이어폰으로 음악을 듣는다. 옆집 사람은 나와 비슷한 나이의 여자다. 내 성욕 절정기는 삼십대 초반이었는데 그녀는 글쎄, 절정기가 계속 이어진다는 것이다. 충격적인 말이었지만 본인이 그렇다는데 어쩔 수 없는 노릇이라고 받아들였다. 절정의 한가운데를 살아가는 사람에게 남이 이래라저래라 참견할 수는 없다.

집에 도착할 무렵에 하늘이 완전히 밝아졌다. 동아리 아침

연습을 하러 가는 모양인지 체육복을 입은 고등학생, 출장을 가는 모양인지 커다란 트렁크를 끌고 가는 회사원을 스쳐 지났다.

복작복작한 동네다. 태어나고 자란 고향도 복작복작한 곳인데 이곳은 더 그렇다. 사람이 정말 살긴 하나 싶은 오래된 목조 아파트들이 옹기종기 모여 있고, 스낵바니 술집이니 구시아게* 가게니 다코야키 가게가 비좁게 들어찼다. 길가에는 담배꽁초나 뭉친 휴지나 한 짝뿐인 목장갑이 데굴데굴 굴러다닌다.

한번은 해적이 쓸 법한 새까만, 그걸 안대라고 부르던가? 아무튼 그런 게(재미있게도 해골 마크까지 새겨져 있었다) 떨어져 있었는데 옆집 사람이 그걸 보고 "이 동네에 해적이 사나 보다, 틀림없이 해적이 사는 거야"라며 흥분했다. 하지만 이 근처에 바다는 없고 강이 있으니까 해적이 아니라 강적이라고 불러야 하지 않을까? 하는 잡담을 나누었다.

십대 시절의 나에게, 너는 소위 불혹이라는 나이가 다 되어서도 강적이 어쩌고저쩌고하는 시시한 수다를 떨면서 웃는다고 알려주면 어떤 표정을 지을까? 많이 실망할까? 어쩌

---

* 꼬치에 고기나 채소 같은 재료를 끼워 튀긴 음식.

면 나이가 들어도 여전하다는 사실에 조금은 안도할지도 모른다. 어쨌든 그 애도 나니까.

이어서 남편과는 별거 중이고 아이는 없고 계약직 사원이었는데 얼마 전에 계약 기간이 끝나 일자리를 찾는 중이라고 말해준다면…… 음, 역시 절망할 것 같다.

이 길모퉁이를 지나면 아파트에 도착한다. 발에 뭔가 밟히는 느낌이 이상해서 보았더니 그러면 그렇지, 운동화 밑창에 껌이 붙어 있었다. "아아……" 하고 입으로 소리를 내는 동시에 속으로 '뭐, 아무래도 상관없어'라고 생각했다.

그러고는 상관없지 않다고 얼른 생각을 바꿨다.

나는 어려서부터 결코 좋을 리가 없는 것까지 포함해 수없이 많은 것을 '아무래도 상관없어'라며 억지로 받아들이곤 했다. 몇 년 전부터는 조금씩이라도 고치려고 노력하는 중이다. 좋지 않은 것은 좋지 않은 것이다. 받아들이지 않아도 되는 것은 아주 많다.

히로키와는 스물일곱 살에 결혼했다. 히로키는 나보다 나이는 일곱 살 위고 키는 20센티미터나 컸다. 몸이 탄탄하고 체구도 그럭저럭 좋았다. 그래서 첫인상은 그저 '큰 사람이네'였다. 그쪽은 나를 '뭐 이리 작아'라고 생각했을지도 모른다. 언젠가 물어볼 생각이었는데 결국 물어보지 못했다.

히로키의 모친인 미츠에 씨와는 전부터 아는 사이였다. 미츠에 씨가 자택에서 운영하는 리본 자수 교실에 다녔다.

　"저번에 우리 아들이 집에 와서 유미코 씨를 봤나 본데 애인이 있는지 집요하게 묻지 뭐야? 딱 한 번이라도 좋으니까 만나보면 안 될까?"

　이런 소리를 수도 없이 듣고 확답을 피해왔는데 어쩌다 보니 셋이서 밥을 먹으러 가게 되었다. 미츠에 씨는 히로키에게 나를 '느낌이 담백한 아가씨'라고 설명했다고 한다. 그렇다면 이 사람은 '담백한' 여자와 만나고 싶은 것일 테니까 '담백한' 척(자주 전화를 걸지 않을 것, 괜한 질투는 하지 않을 것 등)을 해야겠다고 다짐했을 정도로 나는 히로키를 괜찮다고 생각했다.

　미츠에 씨는 미리 말해주지 않았는데 히로키는 이혼 경력이 있었다. 전처 사이에 딸도 있다. 지금은 벌써 고등학생이다. 이혼하면서 친권을 가져오려고 끈질기게 물고 늘어졌지만 실패했다고 한다. 전처의 집이 상당한 자산가라고 들었다. 이런 사실을 알았을 때는 이미 괜찮다는 감정을 넘어 그를 좋아하게 된 뒤였다. 그런 감정 앞에서 그의 이혼 경력은 내게 큰 문제가 되지 않았다.

　결혼하기 전에 히로키는 언제나 다른 무엇보다도 나를 먼저 바라봐 주었다. 미술관에 가도 동물원에 가도, 그림이나 동물이 아니라 나를 보았다. 고개를 들면 늘 따스한 시선과 마주쳤다. 유미가 즐거워하는 모습을 보면 자기도 즐거워진다고 말했다. 그에게 보호받는 느낌이 들었다.

가끔 회사 일로 불평을 늘어놓기도 했는데 당시 나는 그런 것까지도 기뻤다. 내 앞에서만 약한 면을 보여준다고 생각했다. 어쨌든 다 좋았다는 소리다. 다른 것들이 눈에 들어오지 않을 정도로.

메종 드 리버의 203호가 내 집이다. 계단을 다 올라갔을 때, 옆집 205호의 문이 열리더니 남자가 나왔다. 그와 스쳐 지나면서 조금 통통한 사람이라고 생각했다.

옆집에 들락거리는 남자들의 면면은 다양하다. 노인처럼 보이는 남자도 있고 학생 같은 남자도 있다. 신경질적으로 보이는 마른 남자도 있고 지금처럼 포동포동한 남자도 있다. 다채로워도 너무 다채로운데, 옆집 사람 말로는 남자들이 오는 시기가 겹치지 않는다고 했으니 딱히 문제가 될 것은 없다. 양다리를 걸치지 않고 아내가 있는 남자와는 관계를 맺지 않는다. 이것이 그녀의 규칙이었다.

통통한 남자는 머쓱한 듯이 눈인사를 보내고 황급히 걸음을 옮겼다. 205호 문이 열리더니 옆집 사람이 고개를 내밀었다. 유미코. 나를 불렀다. 문구멍으로 엿보고 있었나 보다. 옆집 사람의 이름은 시마다 카에데. 가련한 분위기를 풍기는 그 이름을 나는 절대 함부로 부르지 않는다. 카에데 씨라고 부른다.

"유미코, 오늘 밤에 한가해?"

"응, 한가하지."

주머니를 뒤적여 열쇠를 꺼내며, 카에데 씨를 보지 않고 대답했다.

"한가하고 뭐고, 나 지금 백수잖아."

"나는 오늘 퇴직하니까 파티 열어줘라."

"알았어."

뭐가 먹고 싶은지 묻자 카에데 씨는 조금 생각하다가 튀긴 것이라고 대답했다. 조리법은 정해놓고선 재료는 말하지 않는 것이 재미있다고 생각하며 알았다고 대답하고 방으로 들어갔다.

별거는 충동적으로 시작되었다.

약 이 년 전에 아직 중학생이던 히로키의 딸이 밤에 번화가를 돌아다니다가 경찰서에 보호되는 일이 있었다. 딸은 자기 엄마의 휴대전화나 집 전화번호가 아니라 히로키의 전화번호를 말했다. 히로키는 경찰의 연락을 받고 신발도 제대로 신지 못한 채 달려나갔다.

그 사건 이후로 툭하면 히로키의 휴대전화로 딸과 관련한 연락이 걸려오기 시작했다. 경찰에게서 연락이 오는 패턴과 전처가 "그쪽에 안 갔어?"라고 묻는 패턴, 그리고 딸이 "5분 안에 데리러 오지 않으면 죽어버릴 거야"라고 협박하는 패턴이 있었고, 히로키는 어떤 경우든 곧바로 집에서 뛰쳐나갔다.

어느 날, 내가 전문 기관에 상담하는 편이 좋지 않겠냐고 말을 꺼냈는데, 히로키가 "이건 부녀간의 문제야"라며 단칼에 잘라냈다. 함부로 참견하지 말라는 소리까지 들어서 그 후로 나는 히로키의 딸 관련해서 한 마디도 언급하지 않았다.

그날, 나는 거실에서 히로키가 돌아오기를 기다렸다. 잠이 안 와서 깨어 있는 김에 서성이는 척을 하며 내내 그를 기다렸다. 히로키는 딸이 '불안정한 시기'를 보내고 있다고 말하며 조만간 안정될 거라고 했지만 그 조만간이 언제일지 아무도 몰랐다.

소파에 앉아 있었다. 소리를 줄인 텔레비전 화면을 보고 새벽 세 시 59분에서 막 네 시가 된 것을 확인했다. *걸어. 머릿속에서 목소리가 들려 나는 일어났다. 걸어, 걸어.* 코트 주머니에 지갑과 스마트폰만 넣고서 집을 나왔다. 목소리는 섭게 그치지 않았다. *걸어, 걸어, 걸어.* 그대로 두 시간 넘게 걸었을 것이다.

누군가 나를 불렀다. 새벽 공기에 고스란히 노출된 귀는 꽁꽁 얼어붙었고 머리가 욱신욱신 저렸다. 머릿속에서 들리는 목소리인 줄 알았는데 아니었다. 뒤를 돌아보며 나를 부른 사람을 확인했다.

"미츠에 씨."

"무슨 일이야?"

미츠에 씨는 잠옷 위에 가운을 걸치고 있었다. 일찍 눈이 떠져서 창밖을 바라보다가 내가 걸어오는 모습이 보여서 허겁지겁 나왔다고 했다. 아아, 나는 그제야 주위를 둘러보았다. 어느새 히로키의 본가 근처까지 와 있었다. 히로키와 내가 사는 아파트에서는 꽤 먼 곳이다.

"집을 나왔어요."

대답하고서 나는 놀랐다. 평소처럼 목소리에 이끌려 그저 걸었을 뿐이었는데. 집을 나왔다고 표현한 뒤에야 줄곧 싫어하고 있었다는 사실을 깨달았다. 히로키의 딸이 "혹시 무슨 일이 생기면 아빠는 지금 아내랑 나 둘 중에 누굴 선택할 거야?"라는 질문을 한다는 것도, 히로키가 그런 걸 나한테 일일이 보고하는 것도, 내가 아무렇지 않은 척 "뭐, 아무래도 상관없는데"라고 대답하면 히로키가 매번 "뭐야, 꼭 남 얘기 하는 것 같잖아"라고 화를 내는 것도.

이쪽은 말해놓고도 놀라서 당황했는데 미츠에 씨는 전혀 놀라지도 않고 고개를 끄덕였다.

미츠에 씨가 추우니까 일단 안으로 들어가자고 했고 나는 내가 한 말에 반쯤 넋을 잃은 채 뒤따라갔다.

미츠에 씨는 히로키의 딸이 일 년 전부터 보인 '불안정한' 행동에 대해 전혀 알지 못했다. 내 설명을 듣고 자기 손녀인데도 마치 생판 남 이야기를 하는 것처럼 "나는 예전에 만난 뒤로는 그 앨 못 봤으니까"라고 대답했다.

미츠에 씨는 "어쩌면 이혼을……"이라고 말을 꺼낸 나를 막았다. 너무 서둘러서 결론을 내리지 말고 일단 별거를 해보는 편이 낫지 않겠냐고 제안했다.

"여기 근처에 아파트가 있잖아. 메종 드 리버라는 아파트. 거기 계속 비어 있어. 집세도 싸다고 하더라."

미츠에 씨는 슈퍼마켓 타임세일 정보를 알려줄 때 종종 보이는 자신만만한 표정을 짓고 있었다.

나중에 알았는데, 메종 드 리버에서는 지금까지 두 번이나 자살 소동이 있었다고 한다. 두 번 다 지금 내가 사는 방은 아니지만 뭔가 나온다, 그것도 유령 비슷한 뭔가가 나온다는 그럴싸한 소문이 나돌아 입주자가 줄었다. 미츠에 씨는 나쁜 의도 없이 중요한 사항을 깜박깜박하는 사람이었다.

어쨌든 나는 메종 드 리버의 집주인과 임차 계약을 했다. 마음은 이혼으로 구 할쯤 기운 상태지만 한집에 살면서 이혼 이야기를 하기는 어렵겠다고 판단해서 별거를 선택했다.

집세는 동네 시세보다 몇천 엔쯤 쌌다. 유령이 나오는지는 아직 모르겠다. 어차피 나는 근시여서 복도에 유령이 출현하더라도 알아보지 못해 그냥 주민인 줄 알고 인사하고 지나칠 가능성이 높다.

트렁크 두 개를 들고 히로키와 살던 집을 나왔다. 메종 드 리버에서의 생활도 곧 일 년이 된다.

.

"유미코 씨."

슈퍼마켓에서 저녁거리를 사는데 뒤에서 누가 불렀다. 노래를 흥얼거리는 듯한 목소리여서 돌아보지 않아도 누군지 알았다. 미츠에 씨다. 돌아서서 인사했다. 미츠에 씨는 간장과 건어물 진열대 사이에서 화사하게 웃고 있었다.

미츠에 씨는 평소 자잘한 꽃무늬가 프린트된 옷을 즐겨 입는다. 또는 레이스가 달린 옷을 좋아한다. 작고 마른 체구여서 그런 차림이 잘 어울린다. 서른 살 이상 많은 데다가 남편

의 어머니인 사람에게 쓰기에 적절하지 않은 표현이겠지만,
언제나 귀여워 보인다.

미츠에 씨는 몸을 살짝 옆으로 기울이고 다가와 내 장바구
니를 들여다보았다.

"아이고, 많이도 샀네."

"네."

나도 몸을 살짝 옆으로 기울이고 대답했다.

왜 둘 다 몸을 기울이는가 하면, 슈퍼마켓 통로가 너무 비
좁기 때문이다. 세일 상품을 잔뜩 진열한 탓이다. 만약 지금
큰 지진이 나면 어떡해야 할지 불안에 떨며 장을 봐야 하는
가게인데, 이 근방에서 고기와 생선을 제일 싸게 팔아서 자
주 온다.

미츠에 씨의 장바구니에는 사탕 한 봉지와 귤, 그리고 조
미 김이 들어 있었다.

갑자기 추워졌어. 이제 곧 단풍이 필 계절이니까요. 지금
쯤 저 아래쪽, 교토 부근이 예쁘겠네. 이런 대화를 나누며 아
파트까지 걸어서 돌아왔다. 두서없는 이야기를 두런두런 늘
어놓는 미츠에 씨의 옆모습을 보면서 지금까지 백 번 이상은
했을 '신기하네'라는 생각을 또 했다.

사람들은 내가 남편과 별거 중인 사실을 알면 꼭 한두 마

디씩 참견했다. 느닷없이 나를 탓하는 사람도 있었고 좋은 말로 타이르려는 사람도 있었다. 사람마다 하는 말은 달랐지만 요약하면 대부분 비슷비슷한 의미였다.

"당신 어쩜 그렇게 제멋대로야."

전처가 키우기로 했어도 자식이 있는 사람과 결혼했으니 처음부터 각오했을 것 아닌가. 결혼은 인내심의 문제다. 참을성이 부족하다. 바람을 피우거나 폭력을 쓰거나 빚에 시달리는 것보다는 훨씬 낫지 않은가. 아내는 가정에 어떤 일이 생겨도 중심을 잡고 버텨야 한다. 주로 이런 소리를 들었다. 이혼했더라도 부모는 부모니까 아이 일이라면 물불 안 가리는 게 당연하다는 소리도 자주 들었다.

나는 남편이 딸에게 필사적이어서 싫은 것이 아니었다. 딸의 불안정한 시기가 길어질수록 히로키가 나를 대하는 말투나 태도가 점점 소홀해지는 것이 싫었다. "딸 때문에 지쳐서 당신한테 기대려는 거잖아"라며 남편 편을 드는 사람도 있었다. 그렇다, 맞는 말이다. 히로키는 내게 기댄 것이다. 내가 조금이라도 끼어들려고 하면 "이건 부녀간의 문제야"라며 말을 잘라냈고, 입을 다물고 있으면 왜 이리 무관심하냐며 화를 냈다.

히로키는 딸에게 그동안 보여주지 못했던 아버지다운 포

용력을 최대한 보여주기 위해 필사적이었다. 그리고 금방 텅텅 비어버리는 포용력을 내게 보충해달라고 요구했다. 그러나 나는 그런 너그러움을 무한대로 발휘하는 보살 같은 여자가 아니다. 결국, 나 역시 히로키와 마찬가지로 텅텅 비어버렸다.

히로키가 전화로 전처에게 "나한테 다 맡겨"라고 말하는 것을 우연히 듣고 나는 웃어버렸다. 메마른 웃음이었다. 한마디로 히로키는 그 누구에게도 밉보이고 싶지 않은 것이다. 전처에게도 딸에게도 그 외의 주변인들에게도 사람 좋은 얼굴을 한다. 그런데 나한테는 기대고 어리광을 부려도 된다고 생각한다. 어째서? 그렇게 해도 내가 절대로 떠나지 않는다고 믿고 있으니까. 나를 얕잡아 보는 것이다.

모두에게 제멋대로라고 욕을 먹어도 나는 딱히 상처를 받지 않았다. 제멋대로인 게 무슨 잘못인가 싶다. 나는 아침 연속극에 나오는 여자 주인공이 아니니까 모두에게 사랑받을 필요도 없고, 내 인생은 아무리 길어도 이제 절반밖에 안 남았는데 '남들이 나를 제멋대로에 참을성도 없는 사람이라고 보는 게 싫어'라며 고상이나 떨고 있을 상황이 아니다. 나를 제멋대로라고 비난하는 사람들이 히로키 문제를 대신 해결해준다면 몰라도 그럴 리는 절대 없으니까.

나에 대한 사람들의 반응이 어떻든 아무렇지 않았지만, 미츠에 씨가 별다른 말이 없는 것만은 이상했다.

그러고 보니 결혼하기로 했을 때도 미츠에 씨의 반응은 신기했다. 결혼식을 올리지 않겠다는 이유를 설명하려는 히로키를 가로막고 "그럼 앞으로 나를 뭐라고 부를 거니? 어머님이라고는 절대 부르지 마. 미츠에 씨라고 부르렴"이라고 누차 부탁했다.

"유미코 씨, 잠깐 우리 집에 들렀다 가지 않을래?"

미츠에 씨가 입가에 손을 대고 조용히 속삭였다.

"마침내 그걸 손에 넣었어."

나도 목소리를 낮춰 대답했다.

"그걸 드디어요."

딱히 위법도 아니니까 굳이 목소리를 낮추고 '그것'이라고 부를 이유는 없는데 왠지 모르게 그렇게 되었다.

집에 들러서 장 본 것을 두고 오겠다고 말하고 일단 헤어졌다. 새우와 고기, 채소를 냉장고에 넣고, 걸어서 5분 거리인 미츠에 씨의 집으로 갔다. 문패 위에 '야지마 자수 교실'이라고 작게 적혀 있다.

예전에는 이 주일에 한 번씩 이곳에 다녔다. 미츠에 씨는 생각보다 늦은 나이에 리본 자수를 시작했다. 마흔다섯 살에 남편을 먼저 떠나보낸 뒤였다. 장례식을 치르던 중에 자수를 배우기로 마음먹었다고 한다. 원래 말년의 즐거움으로 미뤄 두려 했는데 말년이 대체 언제일지 의문이 생겼더란다. 만약 쉰 살에 죽으면 지금이야말로 말년이지 않은가. 그런 생각에 서 자수를 시작했다고 한다.

거실 벽면의 눈에 가장 잘 띄는 위치에 장미 자수를 넣은 액자가 걸려 있다. 여태껏 열 명쯤 되는 수강생 중에서 아마 내가 미츠에 씨와 제일 가까울 것이다. 며느리와 시어머니 관계이기 때문이 아니다. 같은 사람을 사랑하기 때문이다. 물 론 히로키는 아니다.

"짜잔."

거실로 들어가자 미츠에 씨가 효과음을 내며 DVD 케이스 를 들어 보였다.

"와!"

저절로 감탄사를 내뱉으며 나는 DVD 패키지의 '후지이 카즈마'라는 이름을 뚫어지게 보았다. 제목이 '길동무'인 이 영화의 DVD는 절판되어서 인터넷 옥션에 올라오는 가격이 무려 만 엔 이상이었다. 아무리 생각해도 너무 비싸다, 그렇 지만 꼭 보고 싶다, 미츠에 씨와 종종 이런 이야기를 나누곤 했는데 드디어 구했나 보다.

"연금으로 샀어. 자, 이제 볼까?"

미츠에 씨는 활짝 웃으며 내게 소파에 앉으라고 권했다.

영화배우 후지이 카즈마는 우리에게 배우 그 이상이다. 별과 같은 존재다. 유명하지는 않지만 명품 조연이라는 평을 받는다. 영화에 나왔다고 해서 일부러 극장에 갔는데 출연 시간이 고작 2분도 안 되는 경우가 흔했다.

원래 작은 극단에 소속되어 있었는데 서른을 넘어서부터 영화나 텔레비전에 출연하게 되었다는 인터뷰가 실린 잡지 기사를 오려서 소중하게 보관하고 있다.

후지이 카즈마는 기타를 친다. 피아노도 친다. 왼손잡이다. 단정한 얼굴인데 일반적으로 말하는 미남과는 좀 다르다. 온화한 생김새를 가졌고 성실해 보인다. 그런데도 냉혹한 살인범 역할을 완벽하게 해낸다. 목소리는 무두질한 가죽처럼 나직하고 멋있다. 텔레비전을 켜놓고 다른 일을 하다가도 대사 한마디를 들으면 '아, 후지이 카즈마다' 하고 금방 알아차린다.

별은 아름답다. 그리고 멀다. 손에 넣기를 바라지는 않는다. 하늘에 빛나는 별이 알고 보면 자기 손에 넘칠 정도로 크다는 것쯤 누구나 안다.

후지이 카즈마의 사생활은 베일에 싸여 있다. 버라이어티

방송에 나와 싹싹하게 굴지 않는다. 잡지 인터뷰에서도 보통 연기에 관한 이야기만 한다. 잡지에 실린 사진은 늘 단정하고 등이 반듯하게 세워져 있다. 보고 있으면 나도 무심코 등을 펴게 된다.

자수 교실에 다닐 적에 최근 본 영화에 관한 얘기가 나와서 "저는 후지이 카즈마라는 배우를 좋아하는데요……" 하고 말을 꺼냈는데, 갑자기 미츠에 씨가 고개를 번쩍 들더니 자수틀과 바늘을 내팽개치고 무릎걸음으로 다가와 "어머나, 나도 팬이야!"라고 외친 덕분에 흥분해서 덩달아 불타올랐던 기억이 있다. 인기 배우가 아니어서 나만큼 열성적인 팬과 일상에서 우연히 만날 일은 없을 거라고 믿었기에 미츠에 씨를 끌어안고 싶을 만큼 기뻤다.

미츠에 씨에게 후지이 카즈마는 자기 아들과 비슷한 또래였다. 그런데도 미츠에 씨 역시 그를 보고 있으면 정신 차려야지, 싶어서 등을 펴게 된다고 말했다.

「길동무」는 후지이 카즈마가 유일하게 주연을 맡은 영화다. 감독도 상대역인 여자 배우도 이름은 물론이고 얼굴도 모르는 사람이다. 기대감에 부풀어 소파에 앉았다.

마음에 어떤 병이 있는 남자가 범죄를 저지른 여자와 함께 여행을 떠난다는 설정의 내용이었다. 8밀리 비디오로 찍은 영상이었고, 보다 보니 내용과 분위기가 어두운 영화였다.

으음, 앉은 자세를 고치며 생각했다. 여행 장면은 흑백인데 이따금 아무 맥락도 없이 까마귀가 날아가는 컬러 영상이 삽입되었다. 이런 영화는 좀 거북하다고 생각하며 옆에 앉은 미츠에 씨를 힐끔 보았다. 미츠에 씨는 내 시선을 알아채지 못하고 몸을 앞으로 기울인 채 진지하게 영화에 몰입하고 있었다. 또다시 화면에서 까마귀가 날아오르자 '아아, 또 까마귀야. 제발 좀' 하는 신음이 절로 나왔다. 지금 나에게는 난해한 은유를 이해하기 위해 힘쓸 기력이 없다.

영화의 주인공이 여자와 시끄럽게 싸우다가 칼에 찔려 죽고, 그 뒤에 여자도 바로 차에 치여 죽어버리는 암울한 결말부에 다다를 무렵, 나는 완전히 진이 빠져서 소파에 기대 크게 숨을 내쉬었다.

"유미코 씨."

미츠에 씨가 리모컨을 가만히 내려놓고 나를 보았다. 지루하다는 티를 내서 혼이 날 줄 알고 "아, 네" 하고 대답하며 자세를 바로 했다.

"그냥 이혼해도 돼."

"네?"

갑자기 왜 그런 소리를 하는지 묻자, 미츠에 씨는 DVD 케이스를 톡톡 두드렸다.

"같이 있어서 죽을 것 같으면 헤어지는 편이 낫지."

내가 은유의 의도를 알아내지 못해 고뇌하는 동안 미츠에 씨가 영화를 보면서 얻은 결론은 지극히 간결했다. 같이 있어서 죽을 것 같으면 헤어지는 편이 낫다.

맞는 말이라고 맞장구를 칠 수는 없는 노릇이라 아직 죽고 싶지는 않다고 대충 얼버무렸다. 아무리 친밀한 사이라도 미츠에 씨는 역시 '남편의 어머니'이니까. 말을 신중하게 골라야 한다.

그나저나 이혼하고 싶어도 관련 절차를 밟을 수가 없다. 히로키가 지금 어디에 있는지 모르기 때문이다. 나는 별거 중인 데다가 실종 중인 남자와 여전히 혼인 관계를 유지하고 있는, 여러모로 복잡한 사정을 떠안은 여자다.

"그래도 나는 당신과 만나지 못하는 건 싫어."

미츠에 씨가 우울한 듯이 시선을 내리깔았다.

"아무리 내가 계속 친구로 지내자고 해도 이제 우리 집에 와주지 않겠지?"

대답할 말을 찾지 못해 "후지이 카즈마, 정말 젊었네요. 십오 년도 더 전에 찍은 작품이라서 그렇게 보이나 봐요" 하고 억지로 영화 이야기로 돌아갔다.

미츠에 씨도 그렇다며 고개를 끄덕이고, 바다가 나왔다고 말했다.

"바다…… 아아."

미츠에 씨는 그 바다가 예전에 살던 섬과 비슷하다고 했다. 아아, 그 섬. 나도 수긍했다. 히로키는 섬에서 태어나 고등학교에 입학할 때까지 그곳에 살았다. 미츠에 씨의 남편, 즉 내 시아버지가 죽은 뒤에 미츠에 씨는 섬을 나와 친정이 있는 이 동네에서 살았다. 미츠에 씨 남편의 무덤은 섬에 있다. 섬에는 남편의 친척들이 살고 있는데, 이런저런 사정으로 지금은 히로키의 육촌인 여자가 이른바 묘지기 역할을 맡고 있다. 미츠에 씨는 일 년에 두 번쯤 성묘를 갔는데, 작년부터는 긴 여행이 힘들다는 이유로 가지 않는다. 몇 시간이나 신칸센을 타고 가서 또 버스를 타고, 다음에는 연락선을 타고 바다를 건너야 하니까 여간 힘든 여정이 아니다. 나도 결혼 초에 '시아버지 무덤에 인사를 드리러 간다'는 명목으로 히로키를 따라간 적 있는데, 두 번 다시 오지 않겠다고 오백 번쯤 생각했다.

"유미코 씨."

미츠에 씨가 히로키를, 하고 조심스럽게 말을 꺼내서 내심 각오했다.

"최근 섬에서 히로키를 봤다는 사람이 있다지 뭐야."

미츠에 씨는 섬에 사는 옛 친구에게 연락이 왔다고 했다. 섬에 있는 술집 앞을 지나다가 히로키처럼 보이는 사람이 가게에서 식사하는 모습을 봤다는 것이다. 히로키가 섬에 살던 때가 벌써 수십 년 전이므로 그라고 확신할 순 없지만 어릴 적 흔적이 남아 있었다. 급한 볼일이 있어서 말을 걸지 못했는데, 일을 마치고 다시 술집을 들여다봤더니 없었다고 한다.

분위기로 보아 미츠에 씨는 이 이야기를 하고 싶어서 나를 부른 것 같았다. 「길동무」를 감상하기 위해서가 아니었다.

히로키가 내게 전화를 걸어 "나, 젊어진 게 너무 많아서 벅차"라고 말한 것은 별거하고 한 달쯤 지났을 무렵이었다. 나는 도망칠 거야, 비겁하다고 생각해도 좋아. 일방적으로 이런 얘기를 하고 전화를 끊었다. 며칠 지나서 회사에 사표를 낸 걸 알았다. 같이 살던 아파트에 가보았더니 텅 비어 있었다. 히로키는 살림살이를 모두 처분하고 사라졌다.

어떻게 연락처를 알아냈는지 히로키의 딸이 내게 전화를 걸어 아빠가 어디로 갔느냐고 울고불고 난리를 쳤지만 나는 모른다는 한마디만 하고 전화를 끊었다.

한동안은 신원불명인 시체가 발견되었다는 뉴스를 볼 때마다 불안했지만, 곧 히로키는 살아 있다고 믿게 되었다. 그렇게 주도면밀하게 뒤처리를 하고 사라졌다는 것은 회사나 아파트 관리 회사에 폐를 끼칠 순 없다고 생각할 정신적 여유가 있다는 소리다. 히로키는 살고 싶은 의지가 있었기에 도망친 것이다.

"섬에 갔다는 건, 결국 태어난 곳으로 돌아갔다는 걸까요?"

"글쎄, 이곳저곳 전전하다가 섬에 갔을 수도 있고. 나도 잘 모르겠네."

히로키는 행방을 감춘 이후 나는 물론이고 미츠에 씨에게도 연락을 완전히 끊었다. 실종 직후에는 찾고 싶어도 찾을 실마리가 없었고, 시간이 어느 정도 지난 뒤에는 내 인생을 챙기느라 히로키까지 걱정할 여유가 없었다. 오늘의 출근, 내일의 끼니를 생각하느라 머리가 꽉 찼기 때문에 눈앞에서 사라진 사람은 솔직히 뒷전으로 미루고 싶었다. 이렇게 말하면 지독히도 냉담해 보이지만, 이게 내 본심이다.

"유미코 씨."

미츠에 씨가 다시 나를 불렀다. 그리고 한쪽 눈썹을 올리며 "어떻게 할래?"라고 물었다.

어떻게 할래?

2. 오늘부로 마지막

카 에 데

직장에서 보내는 마지막 날은 싱겁게 끝났다. 인수인계도 이미 마친 뒤여서 할 일이 없어 곤란했다. 탈의실에서 '요코지 절임'이라는 회사명이 새겨진 남색 겉옷을 벗었다. 일도 별로 하지 않았는데 로커 문에 달린 거울에 비친 나는 폭삭 늙어 보였다. 팔자 주름이 유독 눈에 띄었다.

만 오 년간 이 회사에서 사무원으로 일했다. 오늘부로 마지막이라고 생각하니 속이 다 시원했다.

탈의실은 창고와 겸용이다. 입구에 '들어올 때는 꼭 노크하세요'라고 적힌 종이가 붙어 있다. 그 글을 직접 써 붙였을 사장 요코지가 노크도 하지 않고 갑자기 문을 열고 들어오더니

"어라, 있었네?" 하고 부자연스럽게 눈을 동그랗게 떴다.

"있어요."

나는 카디건 소매에 팔을 넣으며 냉랭하게 대꾸했다. 몇 미터쯤 떨어져 있는데도 요코지의 포마드 냄새 때문에 숨이 막혔다. 탈의실에 가는 걸 봤으면서 뭐가 있었네, 인지 모르겠다. 내가 혼자인 타이밍을 노려 들어왔으면서.

"송별회 정말 안 해도 되겠어?"

"네."

나와 헤어진다고 아쉬워하는 사람도 없을 테니까 괜찮다고, 시선을 외면하며 날카롭게 대꾸했다.

요코지는 팔짱을 끼고 로커에 기댔다. 눈이 마주치자 히죽 웃었다. 기분 나쁘다. 나보다 다섯 살 많은 '요코지 절임'의 2대째 사장 요코지는 중도 채용 면접을 볼 때부터 불쾌한 인간이었다.

이력서에 최종 학력으로 적은 ○○시립 고등학교의 소재지 ○○시가 이 동네에서 멀리 떨어진 것에 유난히 집착해서는 "왜 여기에 왔어? 어째서?" 하고 집요하게 캐물었다. 내가 입을 다물고 있자 "흐음. 말하지 못할 사연이 있나보네" 하며 히죽히죽 웃었다.

채용된 후에도 요코지는 "시마다 씨는 왜 지금까지 결혼을 안 했어? 쓸쓸하지 않아? 혼자 자는 거 사실은 쓸쓸하지?" 같은 소리를 시시때때로 해서 진절머리가 났다. 사귀는 사람이 있어서 쓸쓸하지 않으니까 걱정 말라고 대답했더니 내가 성에 개방적인 여자라고 멋대로 판단했나보다. 같이 밥을 먹으러 가자느니 뭘 하자느니 집적대기 시작했다. 뜬금없이 주말에 온천 여행을 가자고 한 적도 있다. 한동안은 '온천'이라는 단어를 보기만 해도 토할 것 같았다.

요코지는 외국 여행을 다녀와서는 선물이랍시고 구질구질한 손수건이나 립스틱 따위를 내 손에 억지로 쥐어주었다. 아르바이트 사원들한테는 비밀이라는 소리까지 곁들였다. 처음에는 그래도 예의를 지켜서 "이러시면 곤란합니다" 하고 거절했지만 요즘은 거절하기도 귀찮아서 "거참 고맙네요" 하고 받아서 곧바로 버렸다. 좋아하지도 않는 남자에게 받은 취향에 맞지 않는 물건을 놓아둘 만큼 내가 사는 집은 넓지 않다.

"유니폼은 드라이클리닝해서 택배로 보낼게요."

쾅 소리를 내며 로커 문을 닫았다. 요코지는 그냥 줘도 된다면서 내 손에서 겉옷을 빼앗아갔다. 코를 킁킁거리면서 "······여기에서 시마다 씨 향수 냄새가 나"라는 소리를 지껄였다. 나는 잡아채듯이 겉옷을 빼앗았다.

'요코지 절임' 공장 단지 내에는 절임 공장이 있고 별동에 사무실과 사장실이 있다. 요코지의 자택도 단지 내에 있고 요코지의 아내와 중학생인 아들이 그 집에 산다.

공장 입구에서 제조 아르바이트 사원과 마주쳤다. 아르바이트 사원은 오십대부터 육십대 주부가 대부분이어서 입사 당시 서른여섯 살, 현재 마흔한 살인 나는 젊은이 취급을 받았다. 요코지도 아르바이트 사원들에게는 '귀여운 도련님'으로 여겨진다. 사장인데도, 게다가 불쾌한 인간인데도 말이다.

"시마다 씨, 오늘까지였지?"

아르바이트 사원은 그동안 고생했다고 가볍게 인사하고 옆을 지나갔다. 나는 이 사람에게 사장이 자꾸 밥을 먹으러 가자고 하는데 매번 싫다고 하는 것도 귀찮으니 두 번 다시 그런 소리를 하지 못하게 거절할 방법이 없는지 상담한 적이 한 번 있다.

"뭐야, 지금 자랑하는 거야?"

이것이 그녀의 대답이었다. 자랑일 리가 없는데 말이다. 게다가 둘이 있을 때 한 얘기인데 다음 주에는 열 명 정도 되는 아르바이트 사원 모두가 알고 있었다.

"아가씨도 아니고 남자 다루는 법쯤은 알잖아?"

어떤 사람이 말했다.

"틈을 줬다고 하면 좀 듣기 싫겠지만, 시마다 씨가 쉬운 상대라는 분위기를 풍겼을 가능성도 있어."

어떤 사람은 이런 말까지 했다. 왜 내가 잘못한 것처럼 말하는지 화가 나서 이후로 입도 벙긋하지 않았다. 상담할 사람을 잘못 고른 것만은 확실했다.

나는 요코지가 끔찍했다. 요코지는 자기보다 아래라고 여기는 여자에게만 접근하는 남자였다. 이 정도 여자라면 나도 건드릴 수 있겠다는 속셈이 눈빛에서, 말투 여기저기에서 풍겼다. 쓸쓸하지? 쓸쓸하잖아? 그런 물음을 들을 때마다 구역질이 났다.

"그래도 오늘부로 끝이야."

걸으면서 소리 내어 말했더니 속이 시원했다. 나이가 많으면 많을수록 재취업하기 어렵다고 주변에서 하도 협박하듯 말해서 계속 망설였는데 역시 그만두기를 잘했다. 이렇게 기분이 날아갈 것 같다니.

오늘로 끝이야, 끝이야. 리듬을 붙여 노래하며 성큼성큼 걸었다.

술 가게에 들러 적당히 괜찮은 술을 사서 돌아갈 생각이다. 나도 유미코도 많이 마시지 못하니까 괜찮은 술을 조금만. 가게 문을 열고 들어가 주인아저씨에게 생긋 웃어 보였다. 나란히 진열된 와인을 바라보며 고민했다.

"술이 그다지 세지 않은 사람 둘이서 다 마실 수 있고 적당히 맛있으면서 취하지 않는 거 있을까요?"

"호오, 그렇다면 이거죠."

주인아저씨가 파랗고 가느다란 병을 들어 보였다. 달콤하고 도수도 약해 추천한다고 해서 그걸 샀다.

"집에서 디너인가 보죠?"

병에 하얀 망을 씌우면서 아저씨가 웃었다. 굳이 디너라고 말하는 장난기에 나도 웃음이 나왔다. 귀여운 면이 있는 사람이 좋다. 나이를 먹었든 어리든, 남자든 여자든.

문득 히라츠카 씨의 얼굴이 떠올라 황급히 고개를 저었다. 새벽녘에 옷을 입으며 "안녕, 카에데 씨"라고 말한 히라츠카 씨. 이제 히라츠카 씨 생각은 그만해야 한다.

술 가게를 나와 다시 걸었다. 요코지 절임 공장에서 멀어질수록 구두 굽이 아스팔트에 닿아 또각또각하는 소리가 점점 경쾌해졌다.

오늘은 유미코와 수다를 늘어놓으며 잔뜩 먹고 마실 것이다. 알람을 맞추지 않고 자야지. 내일은 오후 늦게까지 자도 된다. 다시 일자리를 찾는 힘든 나날을 시작해야 하니까 오늘 밤과 내일 하루만큼은 마음 편하게 지내고 싶다. 혼자 살기에 누리는 특권이다.

이 동네로 이사 온 것은 십오 년 전이다. 당시 결혼할 예정이었던 남자가 전근하게 되어 따라왔다. 전근 직후에 남자의 할아버지가 돌아가셨고, 남자의 부모가 상을 마칠 때까지 입적은 안 된다고 단호하게 일렀기 때문에 동거하면서도 혼인신고를 바로 하지 않았다.

익숙하지 않은 지역에서 둘만의 생활을 시작했다. 그리고 우리의 관계는 서서히 나빠졌다. 지금 생각해도 참 이상하다.

신뢰할 사람 없는 곳에서 단둘이 의지하며 살아가야 하니까 관계가 더 가까워져야 할 텐데, 남자의 행동 하나하나가 눈에 거슬려 짜증이 났다. 밥을 먹을 때 반찬 그릇에 젓가락을 걸쳐 자기 쪽으로 끌어당기는 것도 싫었고 텔레비전과 라디오를 동시에 켜는 것도 싫었다.

남자도 비슷했나 보다. 내가 쓰레기를 동그랗게 뭉쳐서 쓰레기통에 버리는 버릇도, 발끝으로 문을 닫는 버릇도 끔찍하다고 했고, 내가 우린 차가 쓴 것은 배려하는 마음이 부족하기 때문이라고 화를 냈다. 물건을 던지고 욕설을 내뱉고, 그런 상황이 몇 달간 이어진 끝에 '아, 헤어지면 되는구나'라는 지극히 간단한 결론에 도달해 나는 남자의 집을 나왔다.

그로부터 벌써 십오 년이나 지났다. 아마 그 남자는 다른 곳으로 전근해서 이제 이 동네에는 살지 않을 것이다. 지금은 혼인신고를 하기 전에 헤어지기를 잘했다고 생각한다. 이혼 절차가 워낙 복잡하다고 하니까.

앞으로 내가 누군가와 결혼하는 일이 있을까? 생활 공간을 항상 타인과 공유해야 한다는 것은 괴롭다. 남자란 존재는 가끔 집에 찾아오는 정도가 딱 좋지 않을까. 배우자라는 존재도 버거운데 아이는 도대체 얼마나 버거울까 싶다. 아기를 귀엽다고 느낀 적도 없고 낳고 싶다고 생각한 적도 없다.

앞으로 오 년만 참으면 된다. 결혼은 안 하니? 애는 낳는 게 좋아. 주변 사람들의 이런 잔소리를 듣지 않을 때까지 오 년 남았다. 지금은 아직 아니다. 벌써 마흔한 살이라고 가볍게 받아넘겨도 요즘은 사십대에 아이를 낳는 사람도 많다면서 집요하게 물고 늘어진다. 포기할 줄 모르는 그 열정을 좀 더 유익한 쪽으로 돌리지 그래요? 이렇게 쏘아붙이고 싶을 정도로 끈덕지다.

결혼이나 출산을 생각하다 보면 또 히라츠카 씨가 떠오를 것 같아서 얼른 '유미코가 오늘 저녁으로 어떤 것을 튀겨줄까?' 예상하는 쪽으로 생각을 돌리기로 했다. 평범한 튀김일까. 닭튀김도 좋은데. 설마 도넛은 아니겠지. 음, 그럴 리가.

기름을 많이 쓰면 좁은 방에 냄새가 가득 차고 뒷정리도 힘들어서 나는 어지간하면 튀김은 잘 안 해먹는다. 애초에 요리 자체를 거의 안 한다.

유미코는 요리를 즐겨 한다. 베란다를 넘어 맛있는 냄새가 자주 들어온다. 간장과 맛술로 무언가를 조리는 냄새, 참기름으로 무언가를 볶는 고소한 냄새가 솔솔 난다.

유미코가 옆집에 이사 온 그날부터 그녀를 알고 있었다. 현관문 옆에 서서 냉장고인지 뭔지를 옮기는 청년에게 "그건 제일 안쪽에요"라고 지시하는 모습을 보았다.

목소리를 내는 방식이 뭐랄까, 전혀 기름지지 않아 놀랐다. 선선했다. 교태나 애교가 전혀 담기지 않았다. 어쩌면 본인은 담으려고 했을지도 모르지만 그런 의도가 전혀 겉으로 드러나지 않는 발성법이었다. 무뚝뚝하거나 붙임성이 없는 것과는 다르다.

이런 여자도 있구나 싶어 유미코를 쳐다보았다. 지금까지 내 주변에 없는 타입이었다. 열쇠 구멍에 열쇠를 끼운 채로 서 있는 나를 알아차리고 유미코가 눈인사를 보내서 정면으로 얼굴을 볼 수 있었다.

눈썹을 대충 그렸다. '귀찮지만 화장을 하는 게 규칙이니까 일단 했습니다'라고 말하는 듯 의욕이라곤 찾아볼 수 없는 화장이라고 생각하며 지금 막 옆집 주민이 된 여자를 바라보았다.

며칠쯤 지나 옆집에서 요리하는 냄새가 나기 시작했다. 덕분에 나는 "아아, 배고프다"라는 혼잣말을 자주 하게 되었다. 어느 날, 베란다에 나와 있는데 카레 냄새가 나서 무심코 "어라, 카레네"라고 중얼거렸다.

옆집은 여자 혼자 사는 것 같은데 카레를 만들면 많이 남아 처치하기 곤란하겠다는 괜한 걱정까지 했다. 카레구나. 다시 중얼거리는데 옆집 베란다에서 "드라이 카레예요"라는 대답이 돌아와서 놀랐다. 어느 틈엔가 유미코가 나와 있었다.

유미코의 말에 대답이라도 하듯이 배가 꼬르륵 울었다. 너무 부끄러웠는데 유미코는 웃지도 않고 그 선선한 말투로 "드실래요?"라고 물었다. 내가 가만히 있자 "온천 달걀*도 있는데요"라는 정보가 덧붙어서 군침이 돌았다. 온천 달걀? 나도 모르게 반응했다. 온천 달걀이 갑자기 왜 나오지?

드라이 카레에 온천 달걀을 올려 먹으면 맛있다는 말에 넘어가고 말았다. 드라이 카레의 미칠 듯이 맛있는 냄새와 '온천 달걀을 올려서' 먹어보고 싶다는 호기심에 져서 옆집으로

---

* 일본식 수란. 노른자는 반숙, 흰자는 그보다 덜 익히는 달걀 요리.

들어갔다. 얼마 전에 이사를 온 집인데도 그럭저럭 깔끔했고 옆집 사람의 분위기와 비슷했다. 그렇게 유미코와 나의 이웃 사촌 관계가 시작되었다. 아니, 단순히 내가 유미코에게 밥을 얻어먹는 관계인지도 모르겠다.

3. 새롭게 사랑할 힘

유미코

미츠에 씨의 집에서 돌아와 바로 저녁을 준비했다. 손을 씻고, 좁은 부엌에 접이식 작업 테이블을 놓고 냉장고에서 꺼낸 재료를 늘어놓았다. 카에데 씨가 튀긴 것이라고 조리법을 정해주었으니 구시아게를 만들 생각이었다.

감자, 연근, 양파, 피망을 썰었다. 새우는 내장을 빼고 키친타월을 깐 쟁반에 가지런히 놓았다. 닭고기는 작게 썰어 꼬치에 끼웠다. 퇴근하고 지쳤을 때 요리하는 것은 고역이지만 여유가 있을 때는 오히려 즐겁다. 처음에는 귀찮은데 하다 보면 점점 흥이 오른다. 요리를 다 만든 뒤에도 하나쯤 더 하고 싶어서 냉장고를 뒤적이게 된다.

오늘도 그랬다. 튀김옷을 다 입히고도 뭔가 아쉬운 마음에 소스를 여러 개 만들면 재미있겠다고 생각했다. 일반 소스 이외에 타르타르소스도 만들려고 달걀을 삶고 피클을 썰다 보니 치킨커틀릿 꼬치에는 토마토소스도 어울릴 것 같다는 생각이 들었다. 남은 양파를 잽싸게 썰었다. 썬 양파를 프라이팬에 볶다가 홀 토마토 캔을 넣었다. 부글부글 끓기 시작했을 때 초인종이 울렸다. 문구멍으로 내다보니 카에데 씨였다.

"일찍 왔네."

카에데 씨는 마지막 날이라 잔업이 없었다고 대답하면서 코트를 벗었다. 그러더니 옷을 갈아입고 오겠다면서 자기 집으로 돌아갔다.

냄비에 기름을 새로 붓고 가스레인지의 불을 켰다. 10분 후, 실내복으로 갈아입고 돌아온 카에데 씨가 와인을 사 왔다며 냉장고를 열었다.

카에데 씨는 만든 날짜를 매직으로 적어 비닐에 넣어둔 매쉬드포테이토를 냉장고에서 발견하고 "주부 같아!"라고 짧게 외쳤다. 그러고는 내 어깨너머로 냄비를 들여다보고 맛있을 것 같다고 중얼거렸다.

"맛있을 거야. 지금 아주 잘되고 있거든."

노랗게 익은 새우가 튀김망 위에 정갈하게 놓였다. 고소한 냄새가 좁은 아파트 방 실내를 가득 채웠다.

"송별회는 안 했어?"

"해주겠다고 했는데 싫다고 했어."

카에데 씨는 내 옆에 팔짱을 끼고 섰다. 접시와 젓가락을 꺼내달라고 부탁하자 꾸물꾸물 움직였다.

접시와 젓가락을 놓고 나니 무료했는지 카에데 씨는 선반에 쌓아놓은 책 표지를 살폈다.

"철학책도 읽는구나."

나는 튀김 젓가락을 고쳐 잡으며 고개를 끄덕였다. 결혼 전에 히로키가 그 철학자의 말을 인용하곤 해서 조금 흥미를 느껴 읽어보았다.

"어땠어?"

"전혀 이해가 안 되더라."

나중에 알았는데 히로키는 책을 읽은 것이 아니라 어떤 기사나 소설에 인용된 구절을 기억해뒀다가 대화할 때 인용했을 뿐이었다. 그는 내 책을 보더니 "유미, 이런 것도 읽어!" 하고 감탄했었다.

"다행이다, 안심했어."

카에데 씨가 책을 팔랑팔랑 들췄다. 그러다가 이상한 게 끼어 있다면서 내게 종잇조각을 보여주었다.

"이 이상한 그림은 뭐야? 무서운데."

"아아, 그거 히로키가 그린 거야."

히로키는 기분 나쁜 분위기를 자아내는 얼굴에 몸통이 길쭉하게 생긴 토끼를 자주 그렸다. 왜 그렸는지는 모르겠다. 무료할 때나 통화하는 도중에 심심풀이로 그리곤 했다. 나는 그 길쭉길쭉 토끼가 왠지 마음에 들어서 전화기 옆의 메모장에 그린 것을 가져다가 책갈피 대용으로 썼다. 사실 그 책에 끼워둔 것도 잊고 있었다.

카에데 씨는 "흐응" 하고 중얼거리며 길쭉길쭉 토끼를 책에 다시 꽂아놓았다.

내가 이사 온 날, 카에데 씨는 아파트 복도에서 나를 신기하다는 듯이 빤히 쳐다보았다. 그때 카에데 씨가 주황색에 가까운 붉은 옷을 입고 있어서 속으로 '오오, 대단하다'라고 감탄했다. 나는 보통 남색이나 검은색 또는 흰색 옷을 산다. 조금 신경 쓰면 베이지 색을 고르는 정도로, 모험과는 거리가 먼 사람이다. 그래서 이름도 몰랐던 상대가 입은 붉은색 옷에 감탄이 절로 나왔던 것이다.

어쩌다가 그렇게 됐는지는 기억하지 못하는데, 토요일 낮에 같이 드라이 카레를 먹었다. 카에데 씨는 파프리카가 들어 있는 카레를 신기해했고, 온천 달걀을 올려 먹는 것 또한 신기했는지 "와, 맛있어" 하고 연신 추임새를 넣으며 맛있게 먹어주었다. 생김새가 단정해서 입을 다물고 있으면 위압감이 느껴지는데, 사귀어보니 이른바 고양잇과 사람이었다. 쓸데없이 간섭하려는 사람에게서는 필사적으로 멀어지려고 하지만 적당한 거리를 두고 대하면 친근하게 다가온다.

카에데 씨가 바쁘지는 않았지만 지쳤다며 한숨을 크게 내쉬어서 냉장고에 넣어둔 차가운 캔 맥주를 묵묵히 내밀었다. 좁은 접이식 테이블에 나란히 앉아 텔레비전도 켜지 않고 한동안 뜨거운 구시아게를 먹는 데 전념했다. 나는 서른아홉 살, 카에데 씨는 마흔한 살이다. 이런 음식을 많이 먹으면 나중에 속이 더부룩해서 고생할지 모르지만 그것도 나름의 즐거움이라고 생각했다.

오 년의 근무 기간 중 마지막 일 년에 조금 못 미치는 기간을 알고 지냈지만, 카에데 씨는 간절하게 요코지 절임을 그만두고 싶어했다. 면접을 본 그날부터 요코지가 기분 나빴다고 한다.

카에데 씨는 토마토소스를 뿌린 버섯 꼬치에 손을 뻗으며 그만둬서 속이 뻥 뚫린 것처럼 시원하다고 말했다. 그러고 버섯 두 개를 한꺼번에 입에 넣었다.

"오, 이거 맛있다."

짧은 감상도 곁들였다.

"그거 다행이네."

나도 자연스럽게 버섯 꼬치에 손을 뻗었다. 버섯을 통째로 튀긴 것은 처음인데 바삭한 튀김옷과 버섯의 질긴 식감이 어울리니 무척이나 맛이 좋았다. 토마토소스도 잘 만들어졌다. 우리는 꼬치를 열심히 먹어 치우며 한쪽에 접시를 쌓아 올렸다.

"아르바이트 아줌마들이."

"응."

"나보고 사장은 싫다고 하면서 뒤로는 이 남자 저 남자랑 사귀지 않느냐고 하는 게 끔찍하게 싫었어. 그러니까 사장도 괜찮지 않냐, 상대해주라는 거지."

대체 왜 그런 소리를 할까? 나는 남자라면 아무나 다 좋은 게 아니란 말이야. 마음에 드는 남자랑 사귀는 것뿐인데. 새로운 남자를 만나는 횟수가 다른 여자보다 조금 많긴 하지만 나도 분명 상대를 고른다고. 남자를 많이 만나는게 왜 요코 지도 괜찮다는 뜻이 되는 거지? 전혀 이해가 안 돼.

카에데 씨가 울분을 터뜨렸다. 나는 새우 꼬리에 입술을 찔리지 않으려고 조심하느라 바빠 맞는 말이라고 고개를 끄덕이기만 했다.

"……뭐, 그것도 오늘부로 끝이지만."

"새 직장은 어떻게 할 거야?"

"찾아야지."

하긴, 찾을 수밖에 없다. 지난주부터 무직인 나와 내일부터 무직인 카에데 씨는 얼굴을 마주 보고 고개를 끄덕이며 의미 없이 깔깔 웃었다.

카에데 씨가 뜬금없이 돈은 없지만 여행을 가고 싶다고 불쑥 말했다.

"일 같은 거 말고 뭔가 즐거운 생각을 하고 싶어. 최소한 오늘 밤만이라도."

최소한 오늘 밤만이라도. 그 말을 따라 하면서 나는 피식 웃었다.

"그러게."

"그렇지."

각자 맥주를 두 캔째 마셨다. 사실 나도 카에데 씨도 술이 약한 편이어서 꼬치를 마구 먹은 것과 마찬가지로 무리하는 셈이다. 그러고 보니 카에데 씨가 사 온 와인도 있다. 그것도 오늘 밤에 마실 생각일까.

"유미코, 신혼여행으로 어디 갔었어?"

카에데 씨가 물었다. 여전히 여행 생각을 하는 것 같았다.

가지 않았다고 대답했다.

"그 사람이 재혼이니까 화려하게 하고 싶지 않다고 해서. 그도 그렇다 싶었어. 나도 비행기는 별로였으니까 안 가도 괜찮았고."

"흐응."

카에데 씨는 꼬치에서 새우를 빼며 나를 보았다.

"시시한 남자였네. 기분 나쁜 그림이나 그리면서."

"길쭉길쭉 토끼 말이지."

카에데 씨는 "한 남자랑 계속 같이 있으면 어떤 느낌이야?" 하고 질문 주제를 조금 바꿨다. 같은 사람이랑 오랜 기간 함께하는 것이 질리지는 않는지 물었다.

"모르겠어. 나도 워낙 귀찮아하는 사람이라."

히로키와 결혼한 당시는 그야 기뻤다. 히로키를 좋아하기도 했고, 무엇보다 새로운 사랑을 하지 않아도 된다는 안도감이 컸다.

사랑은 귀찮다. 음식 호불호는 물론이고 실내파인지 야외파인지, 또 가족 구성이나 저축 성향 같은 것을 조금씩 살펴 기억해두어야 한다. 성적 취향을 맞춰가는 과정도 필요하다.

"맞춰간다라."

"카에데 씨는 안 귀찮아?"

"응."

카에데 씨는 바로 고개를 끄덕였다. 히로키와 이혼하더라도 내가 카에데 씨처럼 열정적으로 새로운 사랑을 할 수 있을까? 절대 아니다. 고개를 저었다. 그럴 기력도 없거니와 무엇보다 용기가 필요하다. 젊을 때라면 몰라도 이 몸을 남의 눈에 드러낼 용기가 없다.

"유미코, 너 뚱뚱하지도 않으면서 뭘 그래."

카에데 씨가 심드렁하게 말했다.

"뚱뚱하진 않아도 처지긴 했거든."

여기랑 여기도. 나는 옆구리와 팔뚝의 늘어지는 살을 잡았다. 카에데 씨는 "너 바보니?" 하고 코웃음을 쳤다.

"불을 끄면 되잖아."

"아, 그런가."

나는 맥주를 홀짝였다.

"그런데 새로운 사람을 만날 때 겉보기에는 성실하지만 알고 보면 속은 전혀 다를지도 모른다는 걱정은 안 들어?"

그러자 카에데 씨는 "아아, 나 그건 괜찮아" 하고 갑자기 한 손을 번쩍 들었다.

"괜찮다니?"

"내 머리에는 이상한 남자를 감지하는 센서가 있거든."

알고 보니 말도 안 되는 술버릇이 있다거나 마더 콤플렉스가 있다거나 하는 남자를 만나면 센서가 '이 녀석과 엮이면 위험해!'라고 딩동댕동 반응한다면서 카에데 씨는 자기 머리를 손바닥으로 툭툭 쳤다.

"딩동?"

"아니, 딩동댕동!"

우리가 "딩동!" "딩동댕동!" 하며 한참 웃고 떠드는데 스마트폰이 짧게 울렸다. 손에 쥐었다가 내려놓았다.

"괜찮아?"

카에데 씨가 물어서 "아, 응" 하고 대답을 흐렸다. 맥주를 한 모금 마시고 다시 스마트폰을 만지작거렸다. 얼마 전에 심심해서 인스타그램 계정을 만들었다. 사진을 바지런하게 찍는 습관이 없어서 업로드는 거의 하지 않고, 팔로우하는 상대도 구로야나기 테츠코* 정도다. 이따금 들어가 구로야나기 테츠코가 올리는 즐겁기 짝이 없어 보이는 사진을 구경하곤 했다. 그런데 친구 사토미가 "나 인스타그램 시작했어. 유미코도 하니? 팔로우해도 돼?" 하고 연락해서 승낙했더니 사

---

* 『창가의 토토』로 유명한 작가이자 〈테츠코의 방〉이라는 토크쇼 프로그램을 진행하는 유명 방송인.

토미가 사진을 올릴 때마다 알림이 온다.

사토미는 고등학교 동창생으로 졸업하고 만난 적은 있지만 늘 여럿이 모였지 단둘이 만나진 않는 사이다.

'Sato-mi☆ 님이 방금 사진을 게시했습니다'라는 알림과 함께 아이콘이 표시되었다. 사토미의 아들이 목욕 수건을 망토처럼 두르고 포즈를 취하고 있는 사진이었다. 지금 몇 살쯤 됐을까? 출산 선물을 보낸 지도 벌써 사오 년쯤 지난 것 같다.

오늘은 아빠가 반찬를 써서 셋이서 이케아에 다녀왔습니다. 거실도 슬슬 크리스마스 분위기로 바꿔야죠.

이케아에서 산 소품들 사진 아래에 이런 문장이 적혀 있었다. 몇 장 훑어보고 카에데 씨에게 건넸다.

"이런 거야."

카에데 씨는 화면을 힐끔 보고 "아, 그래?" 하고 내게 스마트폰을 돌려주었다.

"가끔 이런 걸 보면 '흥, 그래서? 그래서 뭐 어쩌라고?' 하고 속이 부글거릴 때가 있어."

"아아, 그렇지."

"나한테 여유가 없어서 그런 거겠지."

시기심 같은 강렬한 감정은 생기지 않는다. 삼십구 년이나 살았으니 남은 남이고 나는 나인 것쯤은 안다. SNS에는 좋은 일만 올린다는 것도 잘 안다. 나도 만약 오늘 이 순간을 SNS에 올린다면 구도가 예쁜 사진을 찍으려고 고심할 것이다. 꼬치의 각도를 바꾸고 지저분한 접시나 바닥에 뒹구는 휴지가 실수로 찍히지 않도록 안쪽으로 밀어 넣을 것이다.

"그래도 역시, 뭐랄까 좀."

뭐랄까 좀, 같은 뜻이 불분명한 말에는 공감해주지 않을 줄 알았는데 카에데 씨는 "응. 뭐랄까 좀 그렇지?" 하고 고개를 끄덕였다.

"헬로워크*에 가서 성과 없이 돌아온 후에 이런 걸 보면 뭐랄까, 좀 그렇단 말이야. 아무래도."

나는 말을 멈추고 맥주를 마셨다. 평소라면 이러쿵저러쿵 남 이야기를 하지 않지만 취해서 머릿속 필터가 느슨해졌나 보다.

"나는 비열한 사람이야."

"비열하다니."

---

* 일본 정부가 구직자를 대상으로 취직 지원 및 고용 촉진을 위해 운영하는 기관.

카에데 씨가 웃음을 터뜨렸다. 웃느라 맥주가 가슴으로 쏟아졌다.

다른 사람이 SNS에 올린 사진을 보면서 일일이 '촬영하기 전에 휴지나 전단지 같은 것들을 옆으로 치웠겠지' 혹은 '분위기 좋은 카페에 들어갈 때마다 사진을 찍어야겠다고 생각하겠지' 같은 생각을 하는 것은, 더 정확히 말하면 그렇게 생각함으로써 그 사람보다 우위에 서려는 마음은 비열하다. 내가 하지 않는 행동을 하는 사람을 보고 '흥, 저런 걸 잘도 하네'라는 시선을 보내며 자신이 대단한 사람이라도 된 마냥 구는 것은 비열한 짓이다.

속으로 생각한 말인데 또 필터를 그대로 통과해 카에데 씨에게 도달했나 보다. 카에데 씨가 깔깔 웃었다.

참고로 이 필터란, 생각을 그대로 말해도 될지 안 될지 판단해주는 필터다. 필터에 걸러져 세상 밖으로 나와도 좋다고 판단한 생각만 말로 표현한다. 속으로는 '바보 같아'라고 생각하면서도 '독특하네'라고 어느 정도 부드럽게 변환해서 출력해주는 편리한 필터인데, 좀 취했다고 기능하지 않으면 문제다. 다른 사람 앞에서 술을 마실 때는 신중해야겠다.

"나이를 먹었을 뿐이야."

자신에게는 애초에 그런 필터가 없다고 웃으면서 카에데

씨는 구름 위를 걷는 것처럼 비틀거리는 발걸음으로 냉장고로 갔다.

"어렸을 때 아줌마들은 왜 말을 함부로 할까 싶었는데, 유미코가 말한 것처럼 나이를 먹으면서 필터의 역할을 내팽개친 상태일 수도 있겠다는 생각이 지금 막 들었어."

카에데 씨가 와인 병을 꺼내왔다. 코르크 마개가 아니라 스크루 캡인지 손목을 돌려 열었다. 우리 집에 와인글라스가 있을 리 없으므로 보리차를 마실 때 쓰는 작은 잔으로 마셨다. 시럽처럼 달고 걸쭉한 와인이 구시아게를 잔뜩 먹어 뜨끈뜨끈해진 위장에 차갑게 스며들었다. 그렇구나, 나이 탓인가. 응, 나이 탓이야. 맞장구를 치다가 웃음이 터져서 우리는 같이 까르르 웃었다.

"그러고 보니."

필터가 고장 난 참이니 말한다는 느낌으로 나는 카에데 씨에 히로키 이야기를 털어놓았다.

"호오. 그럼 지금 남편이 그 섬에 있는 거야?"

"그건 잘 모르겠어."

미츠에 씨가 어떻게 할 거냐고 물었다는 이야기까지 하고 어깨를 움츠렸다. 카에데 씨도 "어떻게 할지는 왜 묻는데" 하고 웃으며 남은 와인을 다 마시더니, 갑자기 짝 소리를 내며 손뼉을 쳤다.

"가보자, 그 섬."

괜찮지 않아? 해수욕도 할 수 있지 않을까? 카에데 씨는
지금이 십일월이라는 것을 완전히 무시했다.

"그런데 정말로 히로키가 거기 있으면 내가 데리러 온 줄
알고 싫어하지 않을까?"

연락하지 않는 것은 만나고 싶지 않기 때문인데 그런 상대
가 일부러 자신을 찾아온다면 소름이 끼치지 않을까? 나는
어린이집에 다닐 때부터 다른 사람이 싫어하는 행동을 하면
안 된다고 세뇌받으며 자랐다.

"유미코, 너 바보니? 데리러 가는 게 아니야, 혼쭐을 내러
가는 거지."

카에데 씨가 가느다란 팔을 휙휙 휘둘렀다.

"네 남편을 혼쭐내러 가는 거야!"

바다로 밀어버리자! 즐겁게 외치는 카에데 씨는 완전히 술
취한 사람이었다.

4. 과자로는 배를 채우지 못한다

카 에 데

어릴 적 살던 집 근처에 빵집이 있었다. 엄마는 늘 그 가게에서 식빵을 샀다. 아주 가끔 버터 롤도 샀는데, 달콤한 간식빵은 아무리 졸라도 절대 사주지 않았다. 만약 엄마가 마음대로 빵을 고르라고 허락해주면 뭘 고를지 두 살 위인 오빠와 종종 토론하곤 했다. 남동생도 있는데 그때는 아직 젖먹이였다.

오빠는 당연히 초콜릿 소라빵이라고 했고 나는 크림빵을 골랐다. 폭신폭신하고 부들부들, 꿈에서 본 다정한 괴수의 손 같은 모양을 한 크림빵. 딱 한 번이라도 좋으니 먹어보고 싶었다. 그런 생각을 하며 나는 히라츠카 씨의 손을 바라보았다. 손은 카페 테이블 위에 가지런히 모여 있었다. 손가락 끝이 하얀 봉투를 만지작거렸다. 망설이듯이 검지로 봉투 표면을 두어 번 어루만지더니 내 앞으로 쑥 밀었다.

히라츠카 씨는 애인 비슷한 사람이었다. 지난주까지는.

전체적으로 실루엣이 동그란 남자인 그는 골목 끝 편의점에서 일했다. 과장으로 일하던 회사가 도산해 편의점에서 아르바이트를 시작했다. 크림빵처럼 생긴 손이 생각보다 빠르게 움직여 봉지에 도시락이나 우유를 정성껏 넣는 광경이 꽤 절묘해서 나는 매번 마른침을 삼키며 그 모습을 지켜보았다. 입꼬리가 살짝 올라가서 웃지 않아도 웃는 것처럼 보이는 얼굴이다. 돌고래를 닮았다. 히라츠카 씨는 돌고래 아저씨였다.

남자 취향에 일관성이 없다는 소리를 자주 듣는데 사실은 있다. 손재주가 있어 보일 것. 애교가 있을 것.

"다음에 밥이라도 같이 먹을래요?"

히라츠카 씨를 유혹한 것은 나였다. "어…… 저요?"라고 대답하며 눈을 동그랗게 뜬 얼굴이 귀여웠다. 히라츠카 씨는 결혼했었고 이혼했다. 십 년 전, 자신의 마흔 번째 생일에 아내가 이혼하자는 말을 꺼냈다고 한다.

친권은 아내가 가져갔다. 그때는 낙담해서 될 대로 되라 싶었는데, 설마 회사가 도산해 아르바이트를 하며 살게 되리라고는 상상도 못 했으니 결과적으로는 잘된 일이라고 했다.

"아들이 수험생이거든."

히라츠카 씨는 우울하게 시선을 내리깔았는데 그때도 웃는 것처럼 보였다.

히라츠카 씨는 달팽이를 키웠다. 청경채나 양상추를 먹이며 키운다는데, 히라츠카 씨의 집에 가본 적이 없어서 달팽이가 어떻게 생겼는지 모른다.

"달팽이가 제법 커졌어."

지난주, 우리 집에 왔을 때 히라츠카 씨가 말했다. 새벽에 옷을 입으면서. 내가 회사에 마지막으로 출근하는 날이었다.

히라츠카 씨는 "그래? 잘됐네"라고 대답한 나를 보지 않고 말했다.

"안녕, 카에데 씨."

갑작스러운 말은 아니었다.

마음이 멀어지는 중인 남자는 알기 쉽게도 다들 똑같은 표정을 짓는다. 게다가 냄새도 달라진다. 향수나 샴푸를 바꿨기 때문이 아니다. 체취 자체가 아주 조금 달라진다. 세포는 비교적 짧은 기간에 바뀐다던데 그래서일지도 모른다. 그의 세포가 나를 받아들이지 않는다.

그래서 얼마 전부터 이렇게 이별이 찾아오리라 짐작하고

있었다.

"응."

그때 나는 그렇게 대답했다.

"이제 추워지니까 감기 조심해."

그저 가볍게 인사를 하고 방에서 내보냈다. 헤어지기 싫다고 고집을 부려도 의미 없다. 사람의 마음은 오랏줄로도 쇠사슬로도 묶어두지 못한다.

히라츠카 씨가 이별을 선언했을 때, 당연히 슬펐지만 울지는 않았다. 얼마 전에 유미코와 구시아게를 먹으면서 나도 모르게 히라츠카 씨 얘기를 할 뻔했지만 꾹 참았다. 남자하고 헤어지는 것쯤 딱히 호들갑을 떨 일도 아니니까.

스물한 살 무렵이었다면 울었을지도 모르지만 나는 꽤 오래전부터 연애에 온 힘을 다 쏟지 않는다.

회사 일에 지장이 생기거나 일상에 소홀해질 정도로 타인에게 푹 빠지면 버겁다. 정신적으로도 체력적으로도 감당하기 어려워진다.

내게 일이란 자아실현이나 사회 공헌을 위해서가 아니라 생활비를 벌기 위한 것이므로 그만큼 필사적이다. 훌쩍훌쩍 눈물이나 짜고 있을 겨를이 없다.

내가 아닌 사람의 체온을 느끼거나, 귀엽다고 속삭이며 머리를 쓰다듬어주는 한때는 달콤한 과자다. 과자로는 배를 채우지 못한다. 그런데 나는 배를 채우지 못하기에 과자를 먹고 싶다. 이 과자는 아마 살아 있는 동안 언제나 먹을 수 있는 그런 것이 아니다. 먹을 수 있을 때 먹어둬야 한다.

다음엔 언제 과자를 먹을 수 있을까? 그런 생각을 하며 눈앞에 놓인 봉투를 바라보았다.

이별 인사를 남기고 집에서 나간 히라츠카 씨는 오늘 아침에 "혹시 잠깐 만날 수 있을까요?"라고 타인을 대하듯 예의 바른 문자를 보냈다. 그래서 이렇게 카페에서 만나 마주 앉았다. 늘 집으로 찾아오던 히라츠카 씨가 밖에서 만나자고 한 것은 이제 두 번 다시 나와 잘 생각이 없다는 의사 표현이다. 이제 과자는 못 먹는다.

"이만 엔을 넣었어."

나머지 삼만 엔은 다음 월급날에 갚겠다는 말까지 듣고서야 히라츠카 씨에게 오만 엔을 빌려줬던 것을 떠올렸다. 자동차 점검 비용이 부족하다고 해서 빌려줬다. 히라츠카 씨는 오만 엔을 받으면서 지나칠 정도로 고마워하며 "미안, 정말 미안해" 하고 고개를 꾸벅꾸벅 숙였다.

"이렇게 서둘러서 주지 않아도 괜찮은데."

연을 빨리 끊고 싶다는 것 같잖아. 이 말은 간신히 속으로 삼켰다.

"아니야, 이런 건 제대로 해둬야지."

히라츠카 씨는 고개를 숙이고 커피 잔을 들어 올렸다. 단숨에 꿀꺽꿀꺽 마시고 계산서를 들고 일어섰다.

"지금부터 일하러 가야 해서. 갈게, 안녕."

미소를 짓는 얼굴로 말했다. 히라츠카 씨는 늘 웃는 것처럼 보이지만 지금은 아니다. 착각하면 안 된다는 걸 알고 있으면서도 조금 울고 싶어졌다.

"응, 잘 가."

밝게 웃으며 손을 흔들고 나도 내가 주문한 식은 홍차를 마셨다. 눈물이 왈칵 차올라서 얼른 눈을 깜박이며 달팽이를 생각했다. 몸집이 커졌다고 들었는데 달팽이가 어떤 식으로 성장하는지 모르겠다. 몸이 커지면 껍데기를 바꾸는 걸까? 하지만 셋방살이도 아니니까 그러진 않을 것 같다. 그렇다면 몸의 성장에 맞춰 소용돌이 같은 그 껍데기가 동시에 자라는 걸까? 아니면 껍데기가 먼저 커질까? 어느 한쪽이 성장을 따라가지 못하거나 하지는 않을까?

봉투를 바라보며 "아아……"하고 한숨을 쉬었다. 마음이 허전해서 스마트폰으로 구인 사이트에 들어가 일용직 아르바이트를 찾았다. 슈퍼마켓에서 시식 판매하는 도우미를 구해서 지원해보았다.

바쁘게 움직이면 괜한 생각은 들지 않을 것이다. 요코지에게서 문자가 잔뜩 와 있었지만 무시했다.

시식 판매는 예전에도 해본 적이 있다. 여러 번 먹으러 오는 (그러나 사지 않는) 사람이나 시건방진 어린애를 상대해야 해서 좀 고생이지만 상품이 팔리지 않아도 급료에 지장을 주지 않고 불쾌한 일이 있어도 하루면 끝나니까 편한 일이다.

아르바이트에 합격해서 아파트에서 조금 먼 대형 슈퍼마켓으로 출근했다. 나처럼 시식 판매를 하러 온 여자애와 함께 사무실에서 대기했다. 스무 살이라고 했다.

솜털 하나하나가 빛나 보이는 그 여자애는 딸이라고 해도 이상하지 않을 나이였다. 그런 생각을 하니 왠지 기분이 묘했다.

나는 요거트용 과일 소스, 여자애는 초콜릿을 맡았는데 비슷한 앞치마와 두건을 쓰자 나이 차이가 훨씬 두드러져 보였다. 요코지 절임에서는 아저씨 아주머니들에게 둘러싸여 젊다는 소리를 들었는데, 진짜 젊음은 저절로 눈이 감길 정도로 반짝였다.

나는 작은 플라스틱 컵에 든 요거트를 지나가는 손님에게 권했다. 통로를 사이에 두고 건너편에서 "새로 나온 초콜릿이에요, 드셔보세요" 하고 외치는 기운 넘치고 귀여운 목소리가 들렸다.

휴식 시간에 직원 휴게실에 앉아 페트병에 든 차를 마시는데 초콜릿 여자애가 들어왔다. 수고했다고 말을 걸자 그 애도 똑같이 대답했다.

"계속 서 있어서 너무 힘드네요."

초콜릿 여자애는 집에서 가지고 온 듯한 물통 뚜껑을 열며 내게 웃어 보였다.

"그렇지. 정말 힘들어."

"저는요, 목소리가 작아서 콤플렉스예요."

여자애가 그런 소리를 해서 나도 모르게 "응?" 하고 반응했다.

"목소리가 작기는. 아주 잘 들렸어."

"어, 그래요?"

"응. 얼마나 잘했는데."

다행이라면서 가슴에 손을 얹고 웃는 초콜릿 여자애는 정말 귀여웠다. 스무 살짜리 여자에게 경쟁심을 불태우는 것은 아무리 잘 쳐줘도 이십대 후반까지가 아닐까? 나이가 이렇게까지 차이 나면 그저 귀엽다는 생각뿐이다.

슈퍼마켓의 담당자가 와서 "고생 많으십니다" 하고 말을 걸었다. 담당자도 젊다. 이십대 후반쯤일까. 가슴에 '아오타'라는 명찰을 달고 있었다. 가슴팍이 얇아 고등학생 같았다.

화장실에 가려고 일어났다. 화장실 거울에 비친 내 뒷머리에 하얀 머리카락 한 가닥이 삐죽 솟아 있었다. 흰머리인 주제에 기운도 좋다고 혀를 차며 뽑으려고 했는데 잘 뽑히지 않았다.

용건을 마치고 돌아왔더니, 아오타가 아까 내가 앉았던 자리에 앉아 초콜릿 여자애에게 이런 소리를 하고 있었다.

"괜찮아? 정말 아까 괴롭힘을 당한 거 아니지?"

"정말로 아니라니까요."

초콜릿 여자애가 조금 화가 난 말투로 대답했다.

"그럼 다행이지만. 여자들끼리 모이면 아무래도 옥신각신하거든. 우리 슈퍼에서도 아줌마 아르바이트가 고등학생 아르바이트를 들볶는 문제가 많아서 껄끄럽고 질척거리고 그래. 여자들은 좀 음험한 면이 있잖아!"

그러면서 혼자 웃던 아오타는 내가 돌아온 것을 보고 대놓고 난처한 표정을 지었다. 그 표정을 보고 "정말 아까 괴롭힘을 당한 거 아니지?"의 괴롭히는 주체가 나를 염두에 두고 한 말임을 알아차렸다.

처음에는 그냥 넘어가려고 했는데 아오타의 바짝 긴장한 얼굴을 보고 마음을 바꿨다.

"얘, 괜찮니?"

초콜릿 여자애에게 말을 걸었다.

"아까 이 사람이 괴롭히거나 하지 않았어?"

아오타가 무슨 말씀을 하시냐며 웃으려고 했는데 나도 여자애도 웃지 않자 다시 얼굴을 굳혔다.

"다른 사람이 화장실에 간 사이에 악담을 해서 번잡한 일에 끌어들이려고 하는 건 음험하고 껄끄럽고 질척거리는 괴롭힘이니까. 설마 남자가 그런 짓을 하진 않겠지? 아이고, 다행이야. 안심했어."

나는 생긋 웃었다.

"악담이라니요…… 아, 혹시 아까 제가 한 얘기 들으셨어요? 제가 말한 '아줌마'는 다른 아줌마 아르바이트들을 말하는 거고요, 시마다 씨는 아직 젊으니까 당연히 괜찮지요."

당연히 괜찮아? 뭐가?

아오타 쪽으로 돌아선 나는 여전히 미소를 짓고 있었다. 이 미소를 유지하려고 노력하면서 숨을 크게 들이쉬었다.

"괜찮다고? 네, 괜찮아요. 사십일 년간 열심히 살아왔으니까 그야 당연히 괜찮죠. 이봐요, '아줌마'란 단순히 '중년기 이후의 여성에 대한 호칭, 혹은 그 상태를 가리키는 말'이야. 사전을 보면 그렇게 적혀 있어요. '아줌마'를 욕이라고 생각하는 건, 그쪽이 젊지 않은 여자에게는 가치가 없다고 인식하기 때문이잖아요? 댁이 사귈 여자를 고를 때라면 그래도 상관없어요. 나이든 뭐든 댁이 좋아하는 기준에 따라 마음껏 고르라고요. 하지만 나는 여기에 그냥 일하러 왔어요. 당신의 그 웃기지도 않은 성적 대상 선정의 장에 나를 멋대로 끌어들여서는 아줌마는 안 되겠다느니 뭐니 생각한다면 불쾌하고 불편하니까 그만둘래요? '당연히 괜찮지요'라니 뭐가 괜찮아? 그게 위로랍시고 하는 소리야? 당신이 그렇게 말하면 내가 '그래, 나는 아직 괜찮구나. 다행이다' 하고 기뻐할 줄 알았어? 괜찮은지 안 괜찮은지 당신이 나를 감정해줄 필요 없어요. 괜찮은지 안 괜찮은지는 내가 정하니까."

마음만 먹으면 백 마디쯤 더 멸시하는 말을 퍼부어줄 수 있었지만 여기까지 한 것만으로도 귀찮아져서 휴게실을 빠져나왔다.

'여자의 적은 여자'라는 편견을 굳게 믿는 사람이 이따금 있다. 겉으로는 사이좋게 지내지만 속으로는 헐뜯고 깎아내릴 것이라는 소리도 종종 듣는다. 아줌마는 젊은 여자를 질투한다고 믿는 사람 역시 꽤 있다. 대체 그런 편견이 왜 있는 걸까?

여자들의 싸움을 보면 이상하게 흥분하는 성벽이 있어서 싸워주기를 바라는 것일까? 그렇다면 같은 인간으로 취급해주는 것도 에너지 낭비다.

그런 생각을 하다가 또 "아아……" 하고 한숨이 새어 나왔다. 왠지 피곤했다.

5. 지금 우리에게 가장 필요한 것은

유미코

헬로워크 창구 직원이 야지마 씨의 조건에 딱 맞을 것이라고 소개해줘서 찾아온 회사에서 나는 응접세트를 앞에 두고 30분이 넘게 오도카니 앉아 있었다. 면접 약속은 분명 열 시였는데 채용 담당자라는 사람이 외출해서 돌아오지 않았다.

경리사무, 정규직 혹은 아르바이트를 모집한다는 구인 안내를 보고 나는 정규직을 희망했다. 그런데 담당자가 면접 약속도 잊어버린 것을 보니 괜찮은 회사는 아닌 모양이다. 응접세트 옆의 책장에 먼지가 쌓인 것도 신경 쓰이고, 칸막이 너머에서 전화 응대 중인 남자의 목소리가 우물우물 패기 없는 것도 마음에 들지 않았다.

"아이고, 이거 기다리게 해서 죄송합니다, 죄송합니다요."

채용 담당자가 요란스럽게 들어왔다. 삼십대로도, 또 오십대로도 보이는 신기한 남자였다. 연령 미상은 땀을 닦으며 맞은편의 의자를 끌어와 앉았다. 일어나서 잘 부탁한다고 인사하자, "아아 네" 하고 성급하게 고개를 끄덕이며 내가 내민 이력서를 받았다.

"음, 보통면허가 있고 부기* 2급이군요. 그래요, 그렇군요."

자격 사항을 읽어 내려갔다. 이어서 전 직장에서 맡은 업무 내용에 관해 몇 가지 질문을 받았다.

남편과 별거 중인 이유는 남편의 직장 때문이라고 대충 얼버무렸다.

"아르바이트 시급은요……."

그가 설명을 시작해서 나는 "정규직을 희망하는데요"라고 말을 막았다.

"네?"

"전화로 면접을 요청할 때도 그렇게 말씀드렸어요."

놀란 표정을 하는 연령 미상에게 설명했다. 헬로워크의 창

---

* 자산, 자본, 부채의 증감 등을 기재하는 기장법 관련 자격증이다. 우리나라의 전산회계자격증과 비슷하다.

구 담당자가 전화로 그렇게 말하는 것을 똑똑히 들었다.

"아, 그런데 죄송하지만 야지마 씨는 지금……."

남자는 다시 이력서로 시선을 주었다.

특수한 업무도 있는 관계로 정규직을 채용할 경우 경력 육성을 위해 최대한 오래 근무할 수 있는 사람, 즉 나이가 젊은 사람을 채용하려고 한다는 소리를 완곡한 표현으로 장황하게 설명했다.

"특수한 업무가 정확히 어떤 거죠?"

"그건……."

상대는 어물거렸다.

"젊지 않다는 것은 그만큼 다른 곳에서 일한 경력이 길다는 소리예요."

나는 힘주어 말했다. 일반 경리사무직에 필요한 최소한의 능력이라면 이미 갖췄다. 하나부터 열까지 가르치는 것보다 시간이 절약될 것이다. 그리고 새로운 일을 배우지 못할 만큼 나이를 먹은 것도 아니다. 이렇게 설명하던 도중에 나는 입을 다물었다. 연령 미상이 묘한 표정을 짓고 있었다.

"아니에요, 됐습니다."

면접은 그렇게 끝났다.

결과는 다음 날 알려주겠다고 했지만 역시나 채용 거부일 것이 틀림없다고 생각하며 빌딩을 뒤로했다.

솔직히 그 회사에서 꼭 일하고 싶은 마음도 없었다.

그래서 열변을 토하던 도중에 그만두었다. 갑자기 내 모습이 마치 '애인이 필요하다는 이유로 사랑을 받으려고 그다지 좋아하지도 않는 남자에게 안간힘을 쓰는 여자'처럼 느껴져서 더는 말이 나오지 않았다.

다른 일자리를 찾아야겠다고 생각하며 걸었다. 도중에 전철에서 내려 헬로워크로 갔다.

헬로워크 입구에 선명한 파란색 코트를 입은 여자가 있었다. 나를 보고 손을 흔들었다. 근시여서 얼굴이 자세히 보이지 않았는데 내가 아는 사람 중에 저렇게 색이 튀는 코트를 입는 여자는 한 명뿐이므로 누군지는 금방 알았다. 카에데 씨였다.

몇 미터 거리까지 다가가자 카에데 씨의 얼굴에서 미소가 사라졌다.

"무슨 일 있었어?"

면접을 보고 왔는데 안 될 것 같아서 다른 일을 찾으러 왔다고 대답했다. 카에데 씨는 실업 급여를 신청하러 왔다고 했다.

카에데 씨가 갑자기 내 팔을 잡았다.

"오늘은 구직 활동도 휴가야. 우리 어디 좀 가자."

"어, 갑자기 왜 이래?"

내가 당황하자 카에데 씨가 살짝 흘겨보았다.

"지금 너, 얼굴이 엉망이야."

"내 얼굴이 어떤데?"

이 세상에 원한을 남기고 죽은 귀신 같은 얼굴이라는 대답이 돌아와 나도 모르게 "너무해!" 하고 외쳤다.

카에데 씨는 내 팔을 꼭 붙잡고 걸음을 옮겼다.

"여자는 말이야, 조금만 방심하면 못생겨져. 계속 어두운 표정을 지으면 그 표정이 얼굴에 새겨진다고. 주름이랑 똑같아."

"진짜?"

"진짜고 말고. 아, 물론 남자도 마찬가지야. 방심하면 금방 못생겨지는 거."

카에데 씨는 그제야 내 팔을 놔주었다. 어디든 좋으니 가자고 제안했다.

"어디든 기분 전환이 될 만한 곳에 가자. 어디 가고 싶어? 임시 수입이 들어왔으니까 내가 쏠게."

"특별한 곳에 안 가도 되니까 그냥 좀 걷자."

내 대답을 듣고 카에데 씨는 어리둥절한 표정을 지었다.

"나는 목적 없이 걷다 보면 마음이 차분해지거든."

카에데 씨는 여전히 어리둥절한 표정으로 "예전부터 그랬어?"라고 물었다.

"응, 맞아. 예전부터 그랬어."

엄마가 살아 있을 때부터 그랬다.

카에데 씨는 고개를 끄덕이고 내 옆에서 나란히 걸었다. 전철로 두 정거장쯤 떨어진 메종 드 리버까지 걸어가기로 했다.

엄마는 생전에 때때로 이유 없이 울고불고 소리치며 집을 엉망진창으로 만들었다. 그럴 때면 나는 밖에 나가야만 했다. *걸어.* 머릿속에서 목소리가 들렸다. *걸어, 걸어, 걸어.* 그러면 복잡한 생각을 하지 않아도 돼. 걷다가 지쳐 돌아오면 엄마는 울다 지쳐 잠들어 있을 테니까.

엄마는 취하면 부엌 식탁에 엎드려 자는 버릇이 있었다. 같은 아파트에 살던 욧짱이라는 여자애는 자기 엄마가 술을 마시는 것이 싫다고 입버릇처럼 말했다. 냄새가 난다는 단순한 이유에서였다.

우리 엄마는 술에 취하면 평소보다 밝아져서 오히려 좋았다. 아빠는 철이 들기 전부터 안 계셨다. 죽었다고 들었지만 거짓말이다. 어린 마음에도 죽은 아빠의 위패나 사진이 없는 것이 이상하다고 생각했다.

엄마는 일본 전역에 수도 없이 많을 '스낵 준코'라는 이름의 가게에서 일하며 나를 키웠다. 아파트에는 엄마처럼 애가 딸린 여자가 여럿 살아서 서로 애를 맡기거나 맡아주고, 돈을 빌리거나 빌려주거나 떼어먹으며 살았다. 남자를 빼앗았다가, 빼앗겼다며 드잡이하는 소동도 가끔 벌어졌다.

술에 취하지 않은 엄마는 아주 가끔 면도칼을 휘둘렀다. 자기 몸에 상처를 낼 때도 있었고 내게 휘두를 때도 있었다. 좁은 집에 같이 살다 보니 어디까지가 자기 몸이고 어디서부터가 딸의 몸인지 분간하지 못했던 것 같다. "엄마, 이러지 마!" 내가 말리면 엄마는 면도칼을 내던지고 내 뺨을 후려쳤다. 마른 체형인데도 정신이 번쩍 들 만큼 힘이 셌다.

엄마가 나를 때리거나 걷어차는 데 특별한 이유는 없었다. 폭력은 말없이 시작됐다가 말없이 끝났다. 네가 잘못했으니까 때린다는 말도 없었다. 밥을 차리지 않았다거나 자길 돌봐 주지 않았다거나 하는 이유도 없는 폭력이었다.

나는 주변 사람들에게 엄마는 잘못이 없다고 주장했다. 코피를 닦아준 동네 아저씨에게도, 진로를 걱정해준 학교 선생님에게도 엄마 잘못이 아니라며 감쌌다.

엄마는 자기 내면에서 가끔 솟구치는 폭력의 충동을 제어하지 못하는 것처럼 보였다. 생리가 가까워지면 충동이 더

빈번히 일어났다.

어른이 된 후에 그런 반응이 PMS(월경전증후군)일지도 모른다는 것을 알게 되었지만 그때 엄마는 이미 이 세상 사람이 아니었다.

PMS라는 단어를 몰랐던 시절에는 엄마가 난동을 부리는 이유가 몸속에 있는 벌레 때문이라고 생각했다.

엄마가 통제하지 못하는 작은 벌레가 몸속에서 요동을 치고 발악하는 것이다. 그 벌레가 나쁜 것이다. 그래서 나는 벌레를 미워했다. 엄마 몸에서 나가기만을 바랐다. 엄마를 증오하지 않을 방법은 이것뿐이었다.

내가 스물다섯 살 때, 엄마는 아파트 십 층에서 뛰어내려 죽었다. 유서는 없었다. 화창한 가을날이었고, 그 아파트는 엄마의 애인이 살던 곳이었다. 아내와 사별한 육십대 남자로, 고등학교 교사였다고 들었다. '스낵 준코'의 손님이었다.

애인이 우유를 사러 집을 비운 그 잠깐 사이에 엄마는 죽었다. 사건성이 없어서 단순한 추락 사고로 처리되었다.

나는 엄마가 사고가 아니라 본인의 의지로 뛰어내렸다고 믿는다. 기분이 들뜰 만큼 날이 화창하고 자기를 위해 우유를 사러 간 애인을 기다리는 평화로운 시간에 갑자기 엄마 안에서 벌레가 난동을 부린 것이다.

엄마의 애인은 "그 사람이 얼마나 힘들었는지 미처 몰랐어요. 미안합니다"라고 내게 사과했다. 나는 "아마 벌레 때문일 거예요"라고 대답했다. 그 사람은 무슨 뜻인지 알아듣지 못한 표정이었다.

거리는 벌써 크리스마스 준비에 들어갔다. 사방에 트리와 리스 따위가 보였다. 하늘은 투명하게 맑았다. 겨울답게 새하얀 햇살을 받아 카에데 씨의 머리카락이 드문드문 금색으로 빛났다.

빛나는 머리카락을 나부끼며 카에데 씨가 "역시 여행을 가는 게 좋겠어"라고 말을 꺼냈다.

"우리에게 지금 필요한 건 기분 전환이야."

"여행이라."

관광지에 가서 시시덕거릴 기분은 아니지만 멀리 가고 싶긴 했다. 여기가 아닌 어딘가에서 지내고 싶었다.

골목을 돌면 바로 메종 드 리버다. 아파트 현관이 보였다. 갑자기 카에데 씨가 멈춰 섰다. 왜 그러는지 물으려고 하자 손짓으로 나를 막았다.

"저기 봐."

아파트 외부 계단 부근에 남자가 있었다. 포마드를 바른 머리카락이 기름져서 번들거렸다. 누군지 물으려는데 카에데 씨가 먼저 "요코지, 요코지야"라고 알려주었다.

저게 요코지구나 싶어 쳐다보는데 카에데 씨가 내 뒤에 숨었다.

"왜 여기에 온 거지?"

"그건 내가 알고 싶어. 지금 저 자식, 뭐 하고 있어?"

고개를 숙이고 혼자 키득거리며 몸을 좌우로 흔들고 있다고 대답하자 "으악, 기분 나빠" 하고 카에데 씨가 미간을 찌푸렸다.

"경찰을 부르자."

골목까지 되돌아가 경찰에 전화를 걸어 이상한 사람이 어슬렁대니 와달라고 요청했다.

전화를 끊자 카에데 씨가 자기 스마트폰을 보여주었다.

"문자를 계속 무시했더니 집까지 찾아온 거야."

카에데 씨가 보여준 요코지의 문자는 '지금 뭐 하고 있어?'라는 한 줄짜리 내용으로 시작해 '시마다 씨가 없어서 사무실 분위기가 어두워졌어' '이제 사장과 사원의 관계가 아니니까 앞으로 편하게 만나는 사이가 되고 싶어' 같은 글이 이어졌다. 카에데 씨는 일절 답변을 보내지 않았다. 그러니 알아서 포기하면 좋을 텐데, 요코지는 확인이라도 하듯이 '어이, 문자 가는 거 맞아?' 하고 또 문자를 보냈다. 읽다 보니

"으악" 하는 소리가 저절로 나왔다.

그 이후로 문자는 '무시하지 마' '네가 뭐가 잘났어?' '너 같은 여자는 내가 봐주는 것만으로도 고맙게 여겨야지' 같은 협박으로 바뀌었다.

"이 사람 좀 이상하다. 목적이 뭐지?"

"그러니까 그건 내가 알고 싶다고."

경찰은 아직이다. 카에데 씨의 얼굴이 새파랗게 질려서 일단 미츠에 씨의 집으로 피난하자고 제안했다.

"여기서 가까워."

미츠에 씨는 집에 있었다. 사정은 나중에 설명하겠다는 요령 없는 말로 카에데 씨를 맡기고 나는 아파트로 돌아왔다. 마침 경찰차가 도착해서 경찰 두 명이 요코지에게 접근하고 있었다. "아닙니다, 무슨 소리를 하시는 겁니까?" 허둥지둥 변명하는 요코지의 옆을 시치미를 뚝 떼고 지나 계단을 올라갔다. 경찰차에 태우고 가주기를 바랐지만, 요코지는 경찰의 제지를 받고 그냥 자리를 떴다. 경찰 둘은 한동안 그 자리에 서서 대화를 나누다가 곧 경찰차를 타고 돌아갔다.

카에데 씨의 새파래진 얼굴을 떠올리며 뒤늦게 요코지에게 분노를 느꼈다. 요코지가 보낸 '너 같은 여자' '내가 봐주는 것만으로도 고맙게 여겨야지' 같은 문자를 떠올렸다. 분노에 손수 기름을 끼얹는 꼴이어서 분을 풀려고 신발 앞코로 땅을 걷어차고 마구 짓이겼다.

도대체 왜 형편없는 남자의 성적 대상이 되는가 안 되는가에 따라 여자로서의 가치가 정해질까. 나는 도저히 이해하지 못하겠다.

쫓아가서 쏘아붙이고 싶었다. 네가 더러운 눈으로 보든 말든 카에데 씨는 존재할 가치가 있는 인간이라고, 이 머저리야!

아니다, 그러는 대신에 카에데 씨를 데리러 가서 여행을 가자고 말하자. 이렇게 됐으니 '히로키를 혼쭐내러 가는 여행(가제)'이든 뭐든 좋다. 벌써 인생의 절반을 살아왔고, 돈도 얼마 없는 우리. 그래도 지금 우리에게 가장 필요한 것은 휴식과 기분 전환이다.

6. 언제든, 어디든 갈 수 있다고 믿었다

카 에 데

아들하고 영화를 보고 왔어요. 어린이용 영화인데 내가 울었지 뭐야.(웃음)

아들이 고구마 캐기 체험을 하러 가서 캐 온 고구마예요.☆ 고구마 케이크를 만들었어요. 반죽이 좀 진 것 같은데(땀) 맛있으니까 됐죠!(웃음)

나는 유미코의 검지가 화면을 스크롤하다가 멈추고 다시 스크롤하는 모습을 신칸센 팔걸이에 팔꿈치를 올리고 턱을 괸 채 지켜보았다. 스크롤, 스크롤, 또 스크롤하며 사토미라는 동창생의 SNS를 계속 읽는 유미코에게 참다못해 "저기"
하고 말을 걸었다.

"그런 거 그만 좀 보지?"

유미코는 내가 옆에 앉아 있다는 것을 잊기라도 한 듯이
"아" 하고 놀랐다.

"그만하라고."

힘을 주어 말해 화면을 끄게 했다.

"그런 거 봐서 뭐 할 건데. 어차피 또 나는 비열하다며 반성
의 시간을 가질 거잖아. 그게 뭐가 즐거워?"

이런 말도 해줬다.

"……그러네. 응, 그 말이 맞아."

유미코는 스마트폰을 순순히 가방에 넣었다.

"알았어…… 혹시 배고프지 않아?"

시계를 보니 열한 시 반을 넘긴 시각이었다.

"나 도시락 싸왔어."

유미코가 말했다. 어쩐지 가방이 커다랗다 싶었더니 도시
락을 가져왔나 보다.

"부지런하다."

"뭐 이런 걸 가지고."

유미코는 바닥에 내려놓은 가방을 들어 올렸다. 유미코의

남편이 역에서 파는 도시락을 좋아하지 않아서 외출할 때마다 도시락을 준비했다고 한다.

"왜 싫대?"

"맛이 너무 강하댔어."

"손이 많이 가는 사람하고 결혼했었네."

"일단 지금도 한 상태기는 하지만."

유미코가 중얼거렸다.

"기분 나쁜 그림을 그리고 먹는 거로도 귀찮게 하는 사람이라니."

"길쭉길쭉 토끼? 괜찮은데, 그건."

"그보다 도시락 먹자, 도시락."

슬슬 배가 고파져서 팔걸이를 탁탁 치며 재촉했다. 유미코는 샌드위치를 가져왔다. 나는 마침 지나가는 간식 카트의 판매원을 불러 커피를 두 잔 샀다.

참치 샌드위치와 달걀 샌드위치가 번갈아 놓여 있었다. 참치 샌드위치는 호밀빵으로 만들었고 붉은 파프리카와 다진 호두가 참치와 섞여 있었다. 달걀 샌드위치는 씨겨자를 담뿍 발라서 코가 아렸다.

"맛있다."

정말 맛있었다. 유미코가 만든 요리는 전부 다 맛있다. 초등학생 때부터 요리를 배웠다고 들었다. 어머니가 '조금 불안정한 사람'이라 기본적인 집안일이나 가정교육을 바랄 수 없었기에 유미코는 도서관에서 요리책이나 집안일의 기초를 설명한 책을 읽고 독학으로 하나둘 익혔다고 한다.

"그래서 누가 집안일에 관해서 이런 건 상식이라고 하면 놀랄 때가 많아."

유미코는 이렇게 말했지만 내 눈에 보이는 그녀는 나보다 훨씬 상식적인 사람이었다.

"내가 상식적이야?"

"그렇다니까."

나는 커피를 홀짝이며 덧붙였다.

"뭐, 나도 부모한테 '상식' 같은 걸 주입받고 크진 않았어."

"카에데 씨의 어머니는 어떤 분이셨어?"

"으음."

말이 막혔다. 뭐라고 말해야 할지 모르겠다. 어려웠다. 엄마는 특별히 언급할 만한 특색이 없는 사람이었다.

"……뜨개질을 좋아해. 뜨개질로 고타츠* 덮개를 만든 적도 있어. 이렇게 커다랗고 색 조합이 이상해서 촌스러운 거."

---

* 열원이 설치된 틀 위에 이불 등을 덮어씌우고 사용하는 일본의 실내 난방장치.

"촌스러운 거?"

"그리고 아크릴 수세미도. 가끔 만들어서 보내주기도 해."

다음에 수세미를 나눠주겠다고 하자 유미코는 고맙다고
했다.

"그리고 조니 카스텔라의 팬이야."

"조니 카스텔라가 누구야?"

"종합 격투기 선수."

"이름만 들으면 엄청 약할 것 같다."

"엄마 말이 진짜 약하다고 하더라."

텔레비전으로 카스텔라의 시합을 관전하던 엄마가 흥분해
서 코피를 흘렸다는 이야기를 남동생에게 전해 들었다.

"카에데 씨, 남동생이 있어?"

"오빠도 있어."

오빠도 동생도 다 결혼했다. 오빠 쪽은 자식이 둘, 동생 쪽
은 셋이나 있다. 설날에 고향 집에 갈 때도 있고 안 갈 때도
있지만 조카 세뱃돈만큼은 꼭 보낸다. 얼마 안 되는 금액일
지라도.

"누나, 결혼 안 할 거야?"

동생은 가끔 전화해서 이렇게 묻곤 한다. 아마 안 할 것 같
다고 대답하면 매번 "엄마를 너무 걱정시키지 마"라고 충고

한다.

엄마는 걱정된다는 말을 내게 직접 하지 않는다. 고타츠에 앉아 네가 행복하다면 엄마는 괜찮다고 말하며 뜨개바늘을 움직이던 엄마의 얼굴이 문득 떠올랐다. 나는 엄마가 아니라 고타츠 위에 놓인 귤을 빤히 쳐다보면서 행복하다고 대답했다. 고향 집 고타츠 위에는 귤이 놓여 있다. 텔레비전 받침대 옆 진열장에는 누군가가 선물한 하카타 지방의 인형과 홋카이도 특산물인 목제 곰이 놓여 있다. 가끔 '고향 집'이라는 설정의 콩트 세계에 들어와 있는 것 같다는 착각이 들었다. 콩트 세계에서 나는 '나이를 잔뜩 먹고서도 자기 하고 싶은 대로 행동하는 딸'을 연기하고 있다.

유미코가 샌드위치를 다 먹고 지도를 펼쳤다. 손으로 그린 지도였다. 미츠에 씨(유미코가 미츠에 씨라고 불러서 나도 미츠에 씨라고 부르는 그분)가 그린 섬의 지도였다. 신칸센 역에 내리면 버스를 타고 연락선 선착장까지 가서 배를 타고, 배에서 내려서 또 한참 걸어야 했다.

나는 스마트폰을 꺼내 요코지의 전화번호를 차단했다. 경찰을 부른 뒤로 며칠간은 연락이 없었는데, 어제 늦은 밤에 전화가 한 번 왔다. 요코지가 이렇게까지 나오니 혹시 내가 그럴 마음이 들게끔 행동했나 싶을 정도였다. 건드려도 될 것 같다고 착각하게 했나? 혹시 나한테도 책임이 있나?

신칸센에서 내리자 플랫폼에 바람이 세차게 불어 들었다. 차가운 공기가 소매와 코트 깃 사이로 들어와 나도 모르게 몸을 부르르 떨었다.

역 앞에서 출발하는 버스가 도착할 즈음에 하늘 낌새가 심상치 않아졌다. 회색 페인트를 대충 칠한 것같이 우중충한 하늘이었다. 버스가 구불구불한 산길을 올라갔다. 유미코는 유리창에 이마를 대고 있었다. 잠든 것 같았다. 읽던 책을 품에 안고 있었는데 금방이라도 떨어질 것 같아서 살그머니 빼냈다. 그때 무언가가 유미코와 나 사이의 공간으로 떨어졌다. 네 번 접은 종이는 이혼 서류 같았다. 살그머니 책에 끼워 유미코의 가방에 넣어두었다.

연락선 선착장에 도착해 유미코를 흔들어 깨웠다. "으응, 일어났어"라고 중얼거리며 유미코가 눈을 비볐다.

"대단하다, 산이네."

유미코는 이번에는 반대편을 보고 "이쪽은 바다고"라고 중얼거렸다.

"바다 냄새가 왜 안 나지?"

버스에서 내린 뒤 유미코가 혼잣말처럼 물었다.

"겨울이라 그렇겠지."

여름 바다는 사방에서 바다 냄새가 진동하지만 겨울 바다
는 그렇지 않다. 그저 공기가 깔깔하다는 느낌이 든다. 겨울
바다에 가면 늘 그런 느낌을 받았다.

"그렇구나."

내 말을 들으며 고개를 끄덕이는 유미코는 여전히 졸려 보
였다. 연락선 선착장을 산이 디근 자로 둘러싸고 있었다. 왼쪽
산기슭에 민가가 몇 채 있고, 그 너머에 신사가 있고 도리이*
와 긴 돌계단이 보였다. 도리이의 빨간색이 유독 선명한 것을
보니 최근 새로 칠한 것 같았다. 오른쪽 산기슭에는 민박집이
딱 한 채 있었다. 연락선 출항 시간까지 40분이 넘게 남아서
맞이방 바닥에 짐을 내려놓고 어슬렁어슬렁 돌아다녔다.

민박집 미나토.** 유미코가 간판의 글자를 읽었다. 메종 드
리버만큼 뻔한 이름이다 싶어 웃음이 나왔다.

녹이 슨 간판 아래로 녹색 폴리카보네이트 차양이 있었고,
유리창에 손 글씨로 '아이스크림' '술·담배'라고 쓴 종이가
붙어 있었다. 간단한 식료품도 파는 곳인 것 같았다. 이런 곳
에 살면 어떨지 궁금했다. 편의점이 없어서 불편할 것 같았

---

* 일본 신사 입구에 설치하는 기둥 문.
** 일본어로 '미나토(みなと)'는 항구라는 뜻이다.

다. 그런데 편의점 때문에 나는 또 히라츠카 씨를 떠올리고
말았다.

건너편 해안에는 가옥이 여러 채 보였다. 모두 바닷바람을
맞아 빛이 바래 낡고 볼품없는 꼴을 한 집들이다. 미츠에 씨
의 집도 이런 느낌일까?

유미코가 '아이스크림'이라고 적힌 종이를 또 읽었다. 그
옆에 붙은 '낚싯배 안내'라는 간판도 읽었다. '관광안내소'라
는 입간판의 문자도 읽었다.

"바다, 되게 오랜만에 와."

유미코가 차분하게 말했다.

"얼마나 오랜만인데?"

"아마 이십오 년 만일 거야."

그 대답을 듣고 놀랐다.

"그럼 이십오 년이나 해수욕하려도 안 간 거야?"

해수욕이라는 단어에서 나는 또 히라츠카 씨를 떠올렸다.
히라츠카 씨는 바다 이야기를 자주 했다. 헤엄은 못 치지만
바다를 좋아한다고 했다. 아들이 아직 어렸을 때 해수욕을
갔는데 겁이 많아서 얕은 여울에서 물장구나 치며 놀았다고
말하며 웃었다.

"생각해보니까 나 바다에서 수영한 적이 없어."

"그럼 이십오 년 전에는 바다에 뭐 하러 갔는데?"

"딱 한 번, 그때 사귀던 남자애랑 갔어. 자전거를 같이 타고. 그게 마지막이었어. 겨울이어서 바다에 들어가지는 못했고. 그때 손을 처음 잡았어. 모래사장이라 걷기 힘들다는 핑계를 대고."

풋풋해라, 귀엽잖아. 유미코를 놀리며 걸었다.

"바다에만 간 것도 아니야. 자전거를 타고 여기저기 다녔어. 공항에도 갔고."

유미코는 이십오 년 전의 일을 하나둘 말해주었다. 우리 둘이 얘기할 때면 유미코는 보통 내 이야기를 들어주는 역할이었기에 신기했다. 여행을 와서 개방적으로 변한 걸까.

"열네 살 때였어. 저녁노을이 질 무렵이었고. 하늘이 무서울 정도로 빨갰어. 자전거를 둘이 같이 타고 달렸어. 원래 놀이공원에 가려고 했는데 입장료를 낼 돈이 둘 다 없었지 뭐야."

그러나 남자애는 "남들 다 가는 곳에 가면 무슨 재미가 있어"라고 오기를 부리듯이 말하고는 멀고 먼 공항까지 가자고 했단다. 돈은 없지만 체력이 넘치는 열네 살만의 풋풋함 덕에 가능한 일이었다.

"철조망에 달라붙어서 국제선 활주로를 구경했어. 그 애가 나라 이름으로 끝말잇기를 하자고 했고."

"오호."

나라 이름만으로는 금방 끝나버려서 도시 이름도 가능하다고 규칙을 변경했다고 한다.

"페루."

"루. 루마니아."

"아. 암스테르담."

"담……. 담?"

그래도 금방 게임이 끝나자 끝말잇기는 없었던 일로 하고 그냥 묵묵히 비행기를 구경했다.

"가보고 싶은 나라 있어?"

"그야 아주 많지."

유미코의 질문에 남자애는 그렇게 대답하고 발끝으로 흙을 찼다. 낡은 운동화 위로 드러난 복사뼈가 너무 무방비해 보여서 이상하게 눈물이 날 것 같았다는 유미코의 이야기를 들으면서 나는 그런 것까지 잘도 기억한다고 감탄했다.

"유미코는?"

남자애가 물어서 유미코는 반사적으로 베트남이라고 대답했다. 전날 밤 텔레비전에서 본 베트남의 은세공 상자가 아름다웠다는 이유에서였다.

"갈 수 있으면 좋겠다."

남자애는 그렇게 말을 맞춰주었지만 이미 머릿속으로는 딴생각을 하는 표정이었다.

"응. 갈 수 있으면 좋겠다."

언제든 갈 수 있다고 믿었다. 언제든, 어디든 갈 수 있다고 믿었다. 동시에 어디로도 갈 수 없다는 생각도 들었다. 무엇이든 될 수 있다고 자만하면서 그 무엇도 될 수 없다고 두려워했다.

"열네 살이었으니까."

유미코는 아주 오래전 이야기라면서 추억담을 마쳤다.

"그렇지."

"나 말이야, 그때는 울고 싶을 정도로 그 애를 좋아했어. 그런데 금방 잊어버렸어. 헤어지고 일 년도 지나지 않아서 그냥 잊어버렸어. 울고 싶을 정도로 좋아했던 사람을 좋아하지 않게 되는 건 슬프더라. 낯선 거리에서 갑자기 미아가 된 것처럼 불안한 기분이었어."

"응."

나는 그저 고개를 끄덕였다. 어쩌면 지금 유미코는 열네 살 적에 좋아했던 남자애가 아니라 다른 사람을 생각하고 있는 것은 아닐까? 예를 들어 실종 중인 남편을.

7. 소중한 것은 손에서 놓으면 안 된다

유 미 코

우주선 모양의 붉은색 풍선이 바람을 타고 두둥실 날아올랐다. 연락선이 느릿느릿 움직였다. 풍선을 놓친 아이는 울지도 않고 입을 반쯤 벌리고 하늘을 올려다보았다. 오히려 감동한 표정이었다. 회색으로 물든 하늘과 역시 회색이 감도는 바다, 그곳을 흔들흔들 올라가는 우주선은 참 아름다웠다.

오히려 옆에 선 엄마 쪽이 울 것 같은 표정이었다. 어디에서 샀는지는 모르지만 저런 풍선은 가격이 좀 나갈 것이다. 당연히 울고 싶겠지.

"왜, 왜 놓친 거야."

엄마는 날이 선 목소리로 아이를 혼냈다. 나는 못 본 척 고개를 돌렸다. 소중한 것을 손에서 놓으면 안 된다는 것쯤 누구나 안다. 그런데도 놓칠 때가 있다. 왜 놓쳤냐고 잔뜩 혼이 난 아이는 울음을 터뜨렸다. 으앙 하는 울음소리가 갑판에 울려 퍼져서 근처에 있던 중년 남자가 얼굴을 찡그렸다.

"뚝 그치지 못해!"

엄마가 매섭게 외쳤다. 달래려는 셈인지 가방에서 마블 초콜릿 통을 꺼내 아이에게 건넸다.

아이는 우느라 어깨를 들썩이면서 통의 뚜껑을 열었다. 힘을 주어 뚜껑을 확 연 탓에 색색의 초콜릿이 튕겨 나와 갑판으로 후드득 떨어졌다. 아이는 목을 움츠리고 엄마의 표정을 살폈다. 엄마는 크게 한숨을 내쉬었다. 나는 허리를 굽혀 발근처에 떨어진 초콜릿을 주웠다.

"죄송합니다."

엄마가 다가와 고개를 숙였다. 괜찮다고 대답하고 그녀가 펼친 휴지에 초콜릿을 하나둘 떨어뜨렸다. 아이는 코를 훌쩍이며 우리를 지켜보았다. 엄마는 "자, 가자" 하고 날이 잔뜩 선 목소리로 말하고 아이의 팔을 잡아당기며 선실로 들어갔다. 아이가 힐끔 이쪽을 돌아보았다. 살짝 손을 흔들었지만 아이는 같이 흔들어주지 않았다.

"힘들겠다."

카에데 씨가 중얼거렸다.

"애 돌보는 거?"

내가 묻자 "응" 하는 대답이 돌아왔다.

"응, 많이 힘들겠지."

무의식적으로 배꼽 위에 포갠 손을 코트 주머니에 집어넣었다. 떨리는 손을 카에데 씨에게 들키지 않았기를 바랐다.

갑판이 너무 추워 우리도 견디지 못하고 안으로 들어갔다. 긴 의자가 서른 개쯤 놓여 있었다. 커다란 텔레비전이 한 대 있고 그 근처에 몇 명이 드문드문 앉아 있었다. 여름에는 이용객이 좀 더 있을까? 부디 그랬으면 좋겠다고 오지랖 넓은 생각을 할 정도로 사람이 적었다. 조금 전에 본 엄마와 아이는 둘 다 안정이 됐는지 그림책을 펼치고 앉아 차분히 읽고 있었다. 그들이 시야에 들어오지 않게 몸 위치를 바꿔 앉았다.

연락선에서 내리자 관광객을 위한 선물 가게가 있었다. 발 아래가 여전히 요동을 치는 것 같았다. 바람이 강해 연락선이 계속 흔들린 탓이다.

해산물을 파는 시장이 있어서 들어가보았더니 중앙에 커다란 활어조가 있었다. 방어가 유유히 헤엄치고 있었다. 물고기다, 물고기다, 신이 나서 외치는 소년이 있었다. 마찬가지로 신이 난 중년도 있었다. 카에데 씨였다.

"유미코, 저거 봐."

카에데 씨가 방어를 가리켰다.

"맛있을 것 같지 않니?"

헤엄치는 물고기를 보고 맛있을 것 같다고 생각하는 사람이 흔하지는 않겠지.

"저거 봐, 저거. 유미코."

카에데 씨가 또 다른 쪽을 가리켰다. 벽 쪽에 얼굴 부분만 뻥 뚫린 그림이 그려진 간판이 설치되어 있었다.

간판에는 어부 차림을 한 남성과 해녀 차림을 한 여자가 그려져 있었다. 카에데 씨는 남성 쪽 간판으로 다가가 구멍으로 얼굴을 쑥 내밀었다.

"나 어때?"

"앞머리를 조금 올리는 게 더 어울릴 것 같아."

나는 스마트폰을 꺼내 들었다. 찍겠다고 하자 카에데 씨가 장난스럽게 웃었다.

"너도 찍는 거다."

싫다고 거절하지 못하는 나는 해녀 그림 간판을 골랐다.

"웃어, 더. 웃어야지."

카에데 씨가 집요하게 구는 바람에 웃는 표정을 짓느라 얼굴에 경련이 날 것 같았다.

"와아, 우리 여행 온 거네."

카에데 씨는 통통 튀어 오르듯이 걸었지만 딱히 즐거워 보이지는 않았다. '즐거움'을 연출하려고 열심히 노력하는 것처럼 보였다. 요코지 때문에 마음이 싱숭생숭한 걸까. 아니면 다른 일이 있는 걸까?

카에데 씨는 방어를 먹고 싶어 했지만 한 마리를 사면 양이 많을 것 같아서 말린 전갱이를 샀다. 뒤쪽으로 돌아가보니 슈퍼마켓이 있어서 달걀과 된장국과 쌀을 샀다.

야지마 집안의 묘를 지키는 시즈 씨는 이웃한 집 두 채를 소유하고 있었다. 친척들이 하나둘 죽거나 섬을 떠나 그녀가 자동으로 물려받았다. 큰 집에서 아들과 둘이 살고 작은 집은 고향에 내려온 친척이 머물거나 여름철에 타지에서 낚시하러 오는 사람에게 빌려준다고 들었다.

미츠에 씨에게 섬에 다녀오겠다고 하자 그 집에 묵어도 되는지 시즈 씨에게 물어봐 주겠다고 해서 배려를 기쁘게 받아들였다. 섬에 민박집이 따로 있었지만 이번 여행은 최대한 금전 부담을 줄이고 싶었다.

작은 집이지만 화장실과 욕실도 따로이고 전기와 가스도 통하며 살림살이와 가전제품도 전부 갖춰졌다고 하니 감사

할 따름이다.

지도를 보며 걸었다. 섬에 딱 한 채 있는 술집(지도에 '지저
분함'이라고 적혀 있다) 골목을 돌아 세 번째 집에 '여기'라는
메모와 화살표가 적혀 있었다. 지저분하다고 일부러 적어놓
을 정도이니 얼마나 지저분할지 궁금했는데, 실제로 보니 그
렇게 지저분하지는 않았다. 간장에 졸인 듯이 색이 탁한 만
선을 기원하는 깃발을 커튼 대신으로 창에 걸어놓았고, 입구
유리문의 금 간 곳을 테이프로 붙여놓은 정도의 지저분함이
었다. 그러고 보니 미츠에 씨의 친구가 히로키 같은 남자를
보았다는 가게가 이곳이었다. 안을 들여다보려고 했지만 닫
혀 있었다.

카에데 씨가 '수제! 게 크림 크로켓'이라고 적힌 종이를 보
더니 지저분하긴 해도 이런 가게가 의외로 맛이 좋기도 하다
고 중얼거렸다.

"그럴지도 모르지."

"그렇지? 의외로 맛있을지도 몰라."

하도 반복해서 말하기에 오늘 그 술집에서 저녁을 먹자고
했더니 카에데 씨는 웃으며 고개를 끄덕였다.

시즈 씨는 낮에는 어업 협동조합에서 사무직으로 일한다.

우편함에 넣어둔 열쇠로 문을 열고 집에 들어가면 된다고 전달을 받았다.

바닷바람을 맞아 갈색으로 녹슨 우편함을 열어 열쇠를 꺼냈다. 방에 먼지가 약간 쌓여 있었다. 집에서 가져온 앞치마와 마스크를 착용하자 카에데 씨가 "오오, 본격적이십니다?" 하고 장난을 쳤다. 다다미가 깔린 방이 네 개, 부엌과 욕실과 화장실이 있는 아담한 집이었다.

방이 네 개나 있었지만 짐이 많아 요를 깔고 잘 수 있는 방은 하나뿐이었다. 창문을 열고 청소기를 돌렸다. 텔레비전 받침대 위에 누가 놓고 갔는지 모를 담뱃갑과 라이터가 있었다.

바로 얼마 전까지 이곳에 누군가 머물렀던 흔적이 있었다. 그러나 그 사람도 그렇고 시즈 씨 역시 청소를 바지런히 하는 사람은 아니었는지, 지저분하다고 할 정도는 아니지만 방 구석구석과 진열장 위에 먼지가 쌓여 있었다. 집에서 가져온 흡착 걸레로 열심히 청소했다.

청소를 어느 정도 마치고 밖으로 나왔다. 집은 산을 등지고 서 있었다. 눈앞에 바다가 있었다. 조용한 바다였다. 날이 맑았더라면 더 아름다웠을 것이다. 둑까지 걸어가 앉았다. 기온은 낮았지만 청소하느라 움직여서 열이 난 몸에 닿는 차가운 바람이 기분 좋았다. 카에데 씨는 돌아다니느라 지쳤다면서 집에서 텔레비전을 보겠다고 했다.

집 뒷마당에 있는 창고에 자전거가 한 대 있었다. 집에 있는 것은 뭐든 자유롭게 써도 된다고 들었는데 자전거도 포함일까? 그렇다면 이동수단을 확보한 셈이다. 잘됐다.

산과 바다와 하늘만으로 구성된 풍경이 신기해서 나는 둑에 꽤 오랫동안 앉아 있었다. 앞치마 주머니에 손을 넣자 아까 주워서 넣어둔 담뱃갑이 만져졌다. 담배를 한 개비 꺼내 불을 붙였다. 젊었을 때 몇 번 피워본 적은 있는데 이후로는 피우지 않았다. 습관적으로 피울 만큼 입맛에 맞지는 않았다.

평소와 다른 것을 해보고 싶었다. 다른 곳에 왔으니까. 그런데 그 다른 것이 흡연이라니, 평소와 다름없이 나답게 한심했다.

트럭이 뒤쪽 도로를 달려왔다. 내 앞을 지나면서 속도를 낮췄다. 본 적 없는 얼굴이라 누구인지 궁금한 모양이다. 연배 있는 부부로 보이는 남녀였다. 여자가 트럭을 운전하고 있었다. 짐칸에 농기구가 실려 있었다.

문득 저런 삶도 있다는 생각이 들었다.

만약 히로키와 내가 그 동네가 아니라 이곳에서 살았다면 어땠을까? 지금과는 다른 부부가 되었을까.

아침에 일찍 일어나 둘이 함께 트럭 한 대에 올라 밭이나 산에 가서 같은 작업을 하고 또 트럭 한 대에 나란히 타 같은 집으로 돌아온다.

이 섬에 사는 나는 헬로워크에 다니지도 않을 테고, 히로키는 딸에게 불려 나가지도 않을 것이다. 비가 오는 날이면 나는 수예를 하고 히로키는 책을 읽고, 가끔은 바다를 구경하며 화덕에 꽁치나 가지를 구워 먹었을까? 여기까지 생각하고서 그만두었다.

그런 문제가 아니다. 우리 부부는 분명 어디에 살았어도 어떤 문제든 생겨 관계가 삐걱거렸을 테고, 히로키는 내게서 도망쳤을 것이다.

아니다, 처음 도망친 것은 나였다. 이걸 잊으면 안 된다.

앞치마 주머니에 든 스마트폰이 진동했지만 확인하기 귀찮아서 나는 그저 바다를 바라보았다.

8. 하얀 털이 있어

유미코

거실 테이블에 앉아 화장을 고치던 카에데 씨가 나직하게
비명을 질렀다. 실수로 한쪽 눈썹을 밀어버렸나 싶어 지켜보
는데, 카에데 씨가 손거울에서 시선을 들어 나를 보았다.

"하얀 털이 있어."

"……아아."

나도 있다고 하며 앞머리를 들어 올려 머리카락 뿌리 부분
을 보여주자, 카에데 씨는 "머리카락 말고!" 하고 외쳤다.

"여기! 여기 말이야!"

카에데 씨는 검지로 자기 코를 쑥 밀어 올려 콧구멍을 보
여주었다. 하얀 코털이 있었다.

"그런 거 보여주지 마."

나는 기겁하며 눈을 돌렸다. 대체 무슨 죄를 지어서 타인의 콧구멍 속에 난 흰 털을 봐야 하는지 모르겠다.

"예전에 히로키가 나이를 먹으면 겉으로 보이지 않는 부분의 털이 하얘진다고 말한 적이 있어."

내 말을 들은 카에데 씨는 안색이 바뀌어 벌떡 일어났다.

"확인 좀 하고 올게!"

카에데 씨가 화장실로 사라졌다. 음모에 흰털이 섞여 있지 않은지 확인하려나 보다. 나는 카에데 씨가 화장을 고치면서 쓰고 던져둔 휴지와 면봉을 쓰레기통에 버렸다. 코털처럼 보여주겠다고 나오면 곤란하니까 음모에서 흰털이 발견되지 않기를 간절히 바랐다. 곧 카에데 씨가 "세이프, 세이프야!" 하고 야구 경기처럼 말하며 돌아왔다.

"그거 다행이네. 슬슬 갈까?"

보기 싫은 것을 안 봐도 된다. 그에 안도하며 나는 일어났다.

약속대로 미츠에 씨가 '지저분하다'고 표현한 술집에 가기로 했다. 걸어서 갔다. 노렌*을 걷고 가게 안으로 들어가자 바로 앞 테이블 자리에 앉아 있던 남자 손님 둘이 우리를 힐끔

---

* 상점 출입구에 걸어놓은 천. 보통 가게 이름을 적어둔다.

힐끔 살폈다.

남자들은 우리가 점원의 안내를 받아 카운터에 앉을 때까지 빤히 쳐다보았다. 낯선 사람이기 때문일 것이다. 그런 분위기가 풍기는 곳이었다. 언제나 일정한 수의 단골손님이 자리를 차지하고 있는 그런 가게 말이다.

"맥주랑 달걀말이, 그리고 오징어 회랑 도미 조림을 주시고요. 또 추천해줄 만한 메뉴 있어요?"

카에데 씨가 내 의향을 묻지도 않고 척척 주문했다. 뺨에 여드름 흔적이 있는 젊은 점원이 오늘 굴이 좋다고 해서 굴도 주문했다.

점원이 물러가자마자 나와 의자 하나를 비워두고 왼쪽에 앉아 있던 남자가 기다렸다는 듯이 말을 걸었다.

"관광 오셨어요?"

"네, 맞아요."

물수건으로 손을 닦으며 눈을 마주치지 않고 대답했다.

남자는 서른 초반 혹은 좀 더 어려 보였다. 혼자 앉아서 잔에 든 투명한 술을 마시고 있었다. 단정한 편에 속하는 얼굴이긴 했지만 어딘가 위험한 분위기가 풍겼다. 턱 주변에 작은 상처가 있었다.

"멀리서 오셨나 봐요? 말투가 다르네요."

그러면서 내 바로 옆자리로 옮겨 앉았다. 살짝 몸을 피하다가 카에데 씨의 어깨에 부딪혔다.

"네, 그래요."

카에데 씨는 동요하지 않았다. 생긋 웃으며 내 어깨너머로 대답했다.

"아아, 역시 그렇군요. 도시에서 오셨죠? 그러니까 이렇게 아름다우시지요. 가게에 들어오신 순간부터 눈에 띄었어요. 세련되었다고 할까요? 아하하, 역시 도시에서 오셨구나."

내 표정에 귀찮다는 마음이 고스란히 드러났는지, 남자는 내게 시선을 주지 않고 어깨너머로 카에데 씨에게 말을 걸었다.

"누님, 저 그쪽에 앉아도 될까요?"

카에데 씨는 웃으며 흔쾌히 허락하더니 의자에 올려둔 코트를 치웠다. 점원이 맥주잔을 가져왔다. 남자는 자기 접시와 잔을 들고 종종걸음으로 이동했다.

"건배."

카에데 씨가 잔을 들었다. 나도 잔을 살짝 허공에 띄웠다. 남자는 자기하고도 건배를 해달라고 요구했다. 나는 도대체 뭐 하자는 것인지 짜증스러워, 남자와 카에데 씨가 여기 처음 왔다느니 여름에는 해수욕 시즌이어서 관광객이 오지만 겨울에는 오는 사람이 드물다느니 하는 대화를 나누는 것을 곁눈질로 지켜보았다.

남자의 얼굴을 살펴보았다. 카에데 씨는 앞을 보고 말했지만 남자가 카에데 씨를 바라보고 있어서 나도 남자의 얼굴을 정면으로 보게 되었다. 곧 나온 달걀말이를 먹었다. 맛을 잘 모르겠다.

"저기요."

카운터 너머에 선 점원을 불러 주머니에서 히로키의 사진을 꺼내 보여주었다. 몇 년 전에 친구의 결혼 피로연에 가서 내가 찍은 사진이었다. 술기운에 붉어진 얼굴을 하고 양손으로 브이 사인을 한 한심한 모양새지만 내가 가진 사진 중에 얼굴이 제일 잘 나와서 앨범에서 꺼내왔다.

"최근 이 가게에 이 사람이 오지 않았나요?"

점원은 사진을 보고 "글쎄요" 하고 고개를 갸웃거렸다. 잘 모르겠다고 대답하더니 갑자기 바쁘다는 듯이 카운터를 닦았다.

"혹시 이 사람을 보면요."

내게 알려달라고 부탁하려고 운을 띄우는데 테이블에 앉은 손님이 불러서 점원은 그쪽으로 가버렸다.

쿵, 소리가 나서 고개를 들었다가 깜짝 놀랐다. 카에데 씨가 맥주잔을 내려놓는 소리였는데 벌써 잔이 텅 비어 있었다.

"죄송해요, 한 잔 더 주세요."

카에데 씨가 손을 번쩍 들었다.

"너무 빨리 마시는 거 아니야?"

목소리를 낮춰 속삭이자 "에이, 괜찮아. 괜찮아" 하고 전혀 괜찮지 않아 보이는 얼굴로 헤실헤실 웃었다. 술을 잘 못 마시지지 않느냐고 타일렀지만 "괜찮다니까. 유미코, 너 꼭 우리 엄마 같아"라는 천연덕스러운 대답이 돌아왔다.

9. 그저 과자가 필요하다

카 에 데

"별, 별이 대단하다. 저기 별."

손가락으로 하늘을 가리키자 "누님, 그 말 벌써 다섯 번째 하는 거 알아?"라고 핀잔을 주며 헛웃음을 지은 남자가 내 머리를 톡톡 두드렸다. 시야가 어질어질 흔들렸다. 마셔도 너무 마셨다. 아까 가게에서 말을 건 남자와 함께 밤길을 걷는 중이었다.

유미코는 먼저 돌아갔다. 그만 돌아가자고 여러 차례 팔을 잡아당겨서 한 다섯 번쯤 "싫어, 더 마실 거야" 하고 고집을 부렸더니 혼자 가버렸다. 멋대로 하라고 화가 난 듯이 내뱉고는 돈도 내지 않고 가버렸다. 남자는 투덜대면서도 유미코

것까지 계산해주었다.

"그래도 진짜 멋있단 말이야."

다시 고개를 들어 하늘을 보았다. 오리온자리도 북극성도 또렷하게 보였다. 역시 시골답게 하늘이 광활했다. 지금까지 별이란 어렴풋하고 흐릿하게 보이는 존재라고 믿고 살아왔는데.

고향에서 본 밤하늘은 어땠더라. 기억이 나지 않았다. 사실 밤하늘을 올려다보는 일 자체를 지금껏 하지 않았다. 젊음을 한창 누릴 때는 별은 물론이고 이 세상에 존재하는 자연의 아름다움이 얼마나 가치가 있는지 미처 몰랐다. 꽃이나 색채가 화려한 동물을 봤을 때 예쁘다는 생각이 들긴 했지만 진심으로 감탄한 적은 없었다.

지금은 다르다. 꽃도 별도 유한하고, 지금 그것들을 보고 있는 내 목숨 역시 유한하다는 진리를 머리가 아니라 가슴으로 깨달은 후부터 아름다운 것을 보면 자연스레 눈물이 고였다. 지금처럼.

"어? 우는 거야? 왜? 왜 그래, 무슨 일 있어?"

남자가 당황했다. 아까 이름을 들었는데 벌써 잊어버렸다. 남자는 "누님, 울지 말아요"라며 자기 옷소매로 내 눈물을 닦았다. 눈물에 번진 마스카라가 묻었을 것이다. 과음한 탓인지 머릿속 한구석에서 지극히 냉정한 내가 무릎을 끌어안고 나를 지그시 지켜보고 있었다. 이름도 기억하지 못하는 남자랑 같이 있는 게 뭐가 즐거워? 진짜 바보 같아.

눈물이 주르륵주르륵 흘러내렸다. 머리 위에서 겨울의 대삼각형*을 만들며 빛나는 별의 이름을 모르겠다. 시리우스와 프로키온, 나머지 하나가 떠오르지 않는다. 히라츠카 씨가 가르쳐줬는데.

별 이름을 많이 아는 사람이었다. 왜 그렇게 잘 아는지 묻자 그는 웃으며 어려서 수업 시간에 배우지 않았냐고 대답했다. 나는 그런 거 벌써 다 잊어버렸다.

이제 물어볼 수 없다. 시리우스랑 프로키온이랑 또 하나가 뭐였는지 히라츠카 씨에게 전화해서 물어볼 수 없다.

히라츠카 씨라고 중얼거리며 나는 계속 울었다. 모르겠다. 나는 그를 언제부터 이렇게 좋아한 것일까. 연애 감정 따위 간단히 조절할 수 있다고 믿었다. 무엇보다 이렇게 펑펑 울 정도로 사람을 좋아할 체력도 남지 않은 줄 알았다.

"히라츠카 씨가 누구야?"

---

* 겨울의 대삼각형은 작은개자리의 프로키온, 큰개자리의 시리우스, 오리온자리의 베텔게우스를 이어서 만들어지는 커다란 세모꼴을 말한다.

"히, 히라츠카 씨는, 히라츠카 씨야."

너는 몰라. 얼굴이 돌고래를 닮은 히라츠카 씨야. 울먹이는 내 옆에서 남자가 크게 한숨을 내쉬었다.

"이거 참."

남자가 내 머리를 끌어당겼다. 남자의 반지에 머리카락이 걸려 조금 아팠다.

즐겁지 않아도 된다. 나를 지켜보는 또 한 명의 내가 등을 돌렸다. 지금은 자기 성찰 따위는 하고 싶지 않다. 친구의 걱 정도 도움이 되지 않는다. 그저 과자가 필요하다.

젖은 뺨을 남자의 가슴에 묻었다. 눈을 감고 담배 냄새를 맡았다.

실내에 자욱한 소독약 냄새와 남자의 거친 호흡에 섞인 알 코올과 담배 냄새 때문에 서서히 기분이 나빠졌다. 몸뚱이의 가장 가느다란 부분을 붙잡혀 정신없이 흔들리는 탓에 시야 도 흔들렸다.

남자의 차에 타고 외벽이 천박한 분홍색으로 칠해진 산 정 상의 호텔 방에 들어온 나를, 여전히 머릿속에 있는 또 한 명 의 내가 지켜보았다. 아아, 그래. 따라왔구나. 흥, 그렇구나. 고개를 끄덕이며 내 행동을 지켜보았다. 남자는 당연히 음주 운전을 했다.

남자를 만나 성적 취향을 맞춰가는 것이 귀찮다고 한 게 누구더라? 맞다, 유미코였다. 얼마 전에 나눈 대화인데 벌써 까마득한 옛날 일 같았다. 쓸데없는 걱정을 하는 사람이라는 생각이 들어 새삼 우스웠다.

맞춰가려고 하지 말고 안 맞는다 싶으면 곧장 헤어지면 된다. 맞추지 않아도 처음부터 딱 맞는 사람이 있으니까. 히라츠카 씨처럼.

히라츠카 씨는 처음 관계를 가졌을 때부터 내 몸 어디를 어떻게 만지면 어떤 반응이 오는지 다 알고 있었다.

내 몸 위에서 바쁘게 왕복운동 중인 남자는 땀이 많은 체질인지 이마에서 땀이 줄줄 흘러 내 이마로 떨어졌다. 베개에 얼굴을 묻는 척하면서 땀을 닦았다.

히라츠카 씨는 통통한 체격인데도 땀을 많이 흘리지 않았다. 가슴이나 팔뚝 피부가 매끈매끈 부드러워서 피부가 예쁘다고 칭찬했더니 그건 남자가 할 말이라면서 웃었다. 남자든 여자든 예쁜 건 예쁜 거라고 웃으며 대답하자 나를 품에 안았다.

히라츠카 씨, 입술이 부드럽다. 이런 말을 하면 또 남자가 할 말이라는 소리가 돌아올 것 같아 머뭇거리는 사이, 히라츠카 씨의 입술이 내 몸 여기저기에 붉은 흔적을 남겼다. 소리를 내지 않으려고 양손으로 입을 꾹 누르자, 그 위에도 입술이 내려와 손가락의 힘이 맥없이 풀렸다.

히라츠카 씨, 히라츠카 씨. 다른 남자 생각에 잠긴 사이, 내 몸 위에 있던 남자가 일을 마친 것 같았다. 남자는 몸을 일으켜 욕실로 갔고 나는 그대로 기절하듯이 잠들었다. 잠자리에 만족한 것이 아니라 장시간에 걸쳐 몸이 격하게 흔들리고 쓸려서 피로가 몰려왔을 뿐이었다.

히라츠카 씨를 열심히 생각했지만 그 사람의 꿈을 꾸지는 못했다. 대리 출연인지 달팽이가 나왔다.

소형견쯤 되는 크기인 달팽이의 껍데기는 무지개색이었다. 느릿느릿, 엉금엉금 기어가는데 나는 쫓아가지 못했다. 악몽을 꿀 때 대개 그렇듯이 다리가 무거워서 앞으로 나아가지 못했다. 못 쫓아가겠어, 못 쫓아가겠어, 안달복달하다가 나도 모르게 울었나 보다.

눈을 떠보니 속눈썹에 눈물이 달려 있었다. 상체를 꾸물꾸물 일으키는데 뒤통수가 욱신욱신 쑤셨다. 역시 술을 과하게 마셨다고 뼈저리게 후회했다. 침대 머리맡의 디지털시계를 보니 새벽 한 시였다. 별로 오래 자진 못했나 보다. 살짝 몸서리를 치고서야 남자가 보이지 않는 것을 알았다. 설마 아직도 욕실에 있나 귀를 기울였는데 물소리가 들리지 않았다. 아픈 머리가 필요 이상으로 움직이지 않도록 수평을 유지하면서 여기저기 떨어진 옷을 천천히 주워 입었다.

소파에 놓아둔 가방 입구가 활짝 열려 있고 지갑이 보여서 불길한 예감에 사로잡혔지만, 여전히 굼뜨고 완만하게 움직여 지갑을 확인했다. 전 재산인 육만 엔을 몽땅 털린 뒤였다.

풀썩 소리를 내며 소파에 앉았다. 두통이 한층 심해졌다. 으으으. 괴상한 소리로 신음했다. 신용카드와 스마트폰은 무사했다. 그나마 현금만 훔쳐간 것은 남자가 보인 최소한의 양심이었을까?

내가 "으으으" 하고 신음한 것은 남자가 도망쳐서가 아니고 돈을 훔쳐가서도 아니다. 나의 '이상한 남자를 감지하는 센서'가 작동하지 않아 충격을 받았기 때문이다. 내 센서, 대체 어떻게 된 거지? 나는 떨리는 손으로 스마트폰을 만져 유미코의 번호를 찾았다.

10. 밑도 끝도 없이 다정하게

유미코

카에데 씨의 전화 때문에 잠에서 깼다. 호텔에 갔는데 돈을 내지 못해 방에서 나오지 못한다는 소리를 듣고 스마트폰을 떨어뜨릴 뻔했다. 바보도 아니고!

호텔 이름('아모르'*라는 같잖은 이름이었다)을 지도에서 찾았다. 다행히 자전거로 갈 수 있을 거리였다. 분풀이를 할 셈으로 폐달을 세차게 밟았다. 밤바람을 맞아 귀도 코도 고무처럼 차갑고 딱딱해졌다. 뭐가 아모르야.

"뭐가, 아모르, 냐고!"

---

* 아모르(amour)는 사랑, 애정이라는 뜻의 프랑스어다.

소리 내어 외치며 정신없이 페달을 밟았다. 적어도 카에데 씨와 그 남자 사이에 아모르는 존재하지 않았다.

촌스럽기 짝이 없는 분홍색 외벽에 역시나 촌스럽기 짝이 없는 붉은 조화가 장식된 현관으로 들어갔다. 외딴 섬에 이런 러브호텔이 있어도 되는지 상황에 맞지 않는 걱정까지 했다. 누가 누구랑 호텔에 왔는지 만 하루도 지나지 않아 섬 전체에 퍼지고도 남을 환경일 텐데 다들 어떻게 하며 사는 걸까? 그런 부분은 서로 보고도 못 본 척해주는 암묵적인 이해가 있는 걸까.

숙박비를 내지 못해 방에 있어야 할 카에데 씨가 팔짱을 끼고 서 있었다. 벽에 붙은 호텔 방의 사진을 멍한 눈으로 보고 있었다.

"카에데 씨."

말을 걸어도 돌아보지 않았다. 제일 아래쪽 사진을 가리키고 "이 방이었어"라고 중얼거렸다.

"제일 가격이 싼 방이었네."

"그런 게 지금 무슨 상관이야."

카에데 씨와 그 남자가 어떤 방에서 잠을 잤는지 관심도 없고 듣고 싶지도 않았다. 괜히 꽁해져서 나는 "정말 그게 무슨 상관이냐고"라고 같은 말을 되풀이했다.

"돈이 없어서 방에서 못 나온다고 했잖아?"

"제일 싼 방이라 다행이었어."

카에데 씨가 그제야 나를 보았다. 눈두덩과 콧등이 빨갰다.

코트 깃 안쪽에 만 엔짜리 지폐를 꿰매두었다는 것을 전화를 끊고 떠올렸다고 했다. 그 돈으로 계산하고 방을 나왔다는 것이다.

"돈을 왜 코트에 꿰매놨어?"

"엄마한테 배웠어. 혹시 모르니까 여행을 가면 그렇게 하라고."

카에데 씨의 어머니가 예상한 '혹시'는 소매치기나 강도였을 것이다. 설마하니 처음 만난 남자와 관계를 가지고, 일을 마치고 잠든 틈을 타 가진 돈을 도둑맞는 그런 '혹시'는 아니었겠지만, 지금 이 타이밍에 카에데 씨에게 하기에는 심술궂은 말이었다.

"……그런데 돈을 내지 않으면 못 나오는 거지? 이 방."

문득 의문이 생겨서 사진을 톡톡 두드렸다.

"그래서 내가 전화했잖아."

"그럼 그 남자는 방에서 어떻게 나갔지?"

"프런트에 말해서 열어달라고 한 거 아닐까?"

"……물어보자."

프런트가 어딘지 찾으려는데 카에데 씨가 내 팔을 콱 움켜쥐었다.

"됐어. 이제 됐어. 돌아가자. 그만 가고 싶어."

"그래도 한패일지도 모르잖아?"

"됐다니까, 이제."

"그럼 경찰에."

피해 신고라도 내자고 말하려는데 카에데 씨가 "그만해! 싫어! 정말 싫다고!"라고 외치는 바람에 그만두었다.

"……그럼 그만 갈까?"

젊은 남녀가 들어오다가 놀라 동그래진 눈으로 우리를 보았다.

"저것 봐, 얼른 가자."

카에데 씨가 내 등을 떠밀며 걸음을 옮겼다.

"경찰서에 진짜 안 가도 괜찮겠어?"

"……유미코, 사람이 왜 이리 끈질기니."

카에데 씨는 퉁명스럽게 말하고서는 나를 힐끔 보고 기어들어가는 목소리로 미안하다고 말했다. 나는 굳이 대답하지 않았다.

자전거 뒤에 카에데 씨를 태우고 페달을 밟았다. 자전거를 둘이 같이 타는 것이 얼마 만이더라. 그래, 열네 살 때 남자 친구와 공항에 갔던 것이 마지막이었다. 갈 때는 남자 친구가 나를 태웠는데, 돌아올 때는 지쳤다고 해서 잠깐 교대했다. 힘이 부족한 내가 모는 자전거는 몇 미터도 가지 못해 비틀거리다가 가로수를 들이받아 둘이 사이좋게 바닥에 뒹굴었다. 넘어지고도 뭐가 그렇게 좋은지 깔깔 웃었다.

잘 지내? 마음속으로 그에게 물었다. 가보고 싶다던 그 나라들에 가긴 했어? 지금은 결혼해서 두 아이의 아버지인 그에게 가만히 질문을 던졌다.

잘 지냈으면 좋겠다. 한때 안달이 날 정도로 좋아했던 그가 지금 부디 행복하고 평온하기를 바랐다. 그리고 나는 지금 헉헉거리며 자전거를 몰고 있으니 일단은 건강하다고, 속으로 덧붙였다.

집에 도착할 때까지 카에데 씨는 입을 꾹 다물고 있었다. 숨을 몰아쉬며 페달을 밟은 내게 괜찮으냐고 묻지도 않았다.

"세수라도 좀 하고 와."

현관에서 신발을 벗으며 말하자 카에데 씨는 얌전히 고개를 끄덕이고 세면대로 갔다. 나는 부엌 개수대에서 손을 씻으며 기다렸다.

화장을 지운 카에데 씨는 어려 보이는 것 같으면서도 늙어 보이는 신기한 얼굴이었다. 옷을 벗기 시작해서 고개를 돌렸지만, 가슴에 생긴 크고 검붉은 자국이 눈에 똑똑히 새겨졌다. 두 번 다시 만나지 않을 (것이 분명한) 여자의 몸에 자기 흔적을 남긴 남자의 행위가 우스꽝스러웠다. 역사에 이름을 남기지 못하는 자는 겨우 저 정도에 만족감을 느낀다는 생각까지 들었다. 그 남자가 한심했고 저렇게 심한 자국까지 생긴 카에데 씨를 어리석다고 느끼는 한편 안쓰러웠다.

트렁크에서 카디건을 꺼내 이불 옆에 놓았다. 씻고 돌아온 카에데 씨에게 추우면 입으라고 말했다.

"고마워."

카에데 씨는 피곤해서인지 아니면 졸려서인지 몽롱한 눈빛으로 몸을 좌우로 흔들며 카디건을 품에 안았다.

"유미코, 다정하다."

반쯤 잠에 취한 목소리로 그런 소리를 했다.

"자꾸 기대게 될 것 같아."

"그건 부탁이니까 그만둬."

카에데 씨는 웃지도 않고 농담이라고 말하며 이불 안으로 파고들었다.

"카에데 씨, 사람이 밑도 끝도 없이 다정하게 대해주진 않아."

"나도 잘 알아."

카에데 씨는 한쪽 뺨을 베개에 대고 눈을 감았다.

"……데리러 와줘서 고마워."

고개를 끄덕이고 나도 잠옷으로 갈아입었다. 옆에 나란히 깐 이불에 누워 불을 끄겠다고 말했다.

"유미코."

어둠 속에서 들리는 카에데 씨의 목소리는 조금 갈라져 있었다.

"왜?"

"내 센서, 이제 믿을 수 없나봐."

히라츠카라는 남자를 '언제부터인지' '자기도 모르는 사이에' 감당할 수 없을 만큼 좋아하게 되었다는 카에데 씨의 이야기를 어두운 천장을 올려다보며 들었다.

"……센서는 그냥 고장이 났을 뿐이야."

"그럴까?"

"응. 지금 상태가 조금 안 좋은 것뿐일 거야."

"그러면 좋겠다."

센서 상태가 나빠질 정도로 좋아하는 상대와 진지하게 대화도 나누지 않고 헤어져도 괜찮을지 의문이었지만 지금 상황에서 할 말은 아니었다.

"자자. 자야 센서도 낫겠지."

"잠을 많이 자면 나을까?"

잠을 많이 잔다고 해결될 문제는 수면 부족 정도겠지만, 수면 부족 상태면 제대로 생각할 기력도 사라질 테니까 자는 편이 낫다고 설명하는 도중에 카에데 씨는 잠이 들었다. 규칙적인 숨소리가 들렸다. 잘 자라고 속삭이고 나도 눈을 감았다.

밤중에 카에데 씨가 갑자기 전화를 걸어 불러냈을 때 '나 잇살이나 먹고 뭐 하자는 거야. 정신 좀 똑바로 차리고 살아'라는 분노가 제일 먼저 차올랐지만 호텔 현관에 초췌하게 서 있는 카에데 씨의 마른 몸을 본 순간 아무 말도 할 수 없었다.

그 남자를 향한 분노는 사그라들 줄 몰랐다.

처음 말을 걸었을 때 확실히 거절해서 감히 건드릴 엄두를 내지 못하게 했어야 됐다. 먼저 돌아오지 말고 카에데 씨를 억지로라도 끌고 왔어야 했다. 나도 슬슬 자야 하지만 화가 나서 오히려 눈이 말똥말똥해졌다.

고개를 돌려 카에데 씨를 보았다. 입을 살짝 벌리고 잠든 얼굴을 어둠 너머로 확인했다.

통통한 그 남자를 그렇게나 좋아했을 줄은 몰랐다. 카에데 씨가 '돌고래를 닮은 아저씨'라고 이야기한 것을 들은 기억이 있다.

돌고래 아저씨가 카에데 씨의 집에 얼마 동안 드나들었는지 떠올리려고 했지만 무리였다. 아무리 길어도 삼 개월 정도가 아닐까. 사귀는 남자가 바뀌는 주기가 워낙 빨라서 화르르 불타올랐다가 금방 식어버리는 사람인 줄 알았는데, 사실은 아니었나 보다. 카에데 씨는 어쩌면 이 사람은 아니야, 아아 이 사람도 역시 아니야, 하는 식으로 자신과 딱 맞는 사람을 찾는 중이었는지도 모른다.

예전에 히로키는 내가 자기에게 딱 맞는 사람이라고 했다. 히로키의 음식 취향과 내가 만드는 요리 스타일. 정면에서 혹은 뒤에서 안았을 때 히로키의 품에 쏙 들어가는 내 체형. 그런 것이 자기 규격에 딱 맞는다는 소리였다. 또 자기는 말하기 좋아하는 편인데 유미는 잘 들어주는 사람이라 그것도 잘 맞는다는 소리를 했었다.

서로 잘 맞는 이유가 상대방이 자신에게 맞춰주고 있기 때문이라는 것을 의심조차 하지 않는 히로키의 단순함이 그저 사랑스럽기만 했던 시기도 있긴 했다.

으음. 카에데 씨가 나직하게 신음했다. 후다닥 일어나 얼굴을 들여다봤더니 미간을 살짝 찌푸리고 있었다. 악몽이라도 꾸는 걸까? 이불을 덮은 가슴께를 토닥토닥 두드려주었더니 곧 미간 주름이 사라졌다. 쌕쌕, 다시 차분한 숨소리가 들렸지만 나는 한참이나 카에데 씨의 잠든 얼굴을 바라보았다.

어려서 가끔 한밤중에 잠에서 깨면 옆에서 자는 엄마 얼굴을 이렇게 들여다보곤 했다. 엄마의 숨소리는 아주 차분했다. 잠들 듯이 죽는다는 말이 있는데, 엄마는 죽은 듯이 잠들어 있었다. 입가에 손을 대고 살아 있는지 확인하고서야 다시 잠들 수 있었다.

엄마와 카에데 씨는 조금 비슷한 면이 있다. 옆에서 보고 있으면 위태위태한 점이.

사실 엄마는 카에데 씨처럼 자유분방한 연애를 즐기지 않았다. 내가 아는 한, 죽기 직전까지 사귀던 전직 교사 이전에 만난 사람은 딱 한 명뿐이었다. '스낵 준코'와 같은 상점가에 있는 백반집에서 만난 사람이라고 들었다.

"카운터 자리에서 내가 두부에 뿌릴 간장을 찾고 있었더니 두 자리 건너에 앉은 그 사람이 슬쩍 밀어서 건네주지 뭐니."

너무 자상한 사람이라는 말에 나는 말없이 고개만 끄덕였다. 겨우 간장을 건네준 것을 자상하다고 받아들이는 엄마가 어린 마음에도 애처롭고 슬펐다. 그래도 그런 말을 하진 않았다. 그 사람과 만났다며 좋아하고, 그 사람에게 받은 볼품없는 손수건이나 열쇠고리를 자랑하는 엄마는 즐거워 보였고 면도칼을 휘두르지도 않았다.

어느 날, 학교에서 돌아왔는데 엄마가 처음 보는 원피스를 입고 거울 앞에 서 있었다. 다녀왔다고 말을 걸자 오늘 샀다면서 원피스 자락을 들어 보였다. 하얀 면 소재 원피스로 허리에 같은 재질의 리본이 달려 있었다. 손재주가 없는 엄마가 리본을 세로로 묶어놓아서 다시 묶어주었다. 엄마가 고른 옷치고는 특이했다.

"청초해 보이니?"

청초라는 단어는 그때 처음 들었는데 무슨 뜻인지 대충 짐작이 갔다. 공주님 같다고 더듬더듬 대답하자 엄마는 기쁜 듯 웃었다. 남자의 취향이 '청초한 공주님 같은 여자'였을까.

그 남자를 만날 때 딱 한 번 나를 데려간 적이 있었다. 백화점 옥상에서 파르페를 먹었다. 남자의 얼굴은 기억나지 않는다. 두세 마디쯤 대화를 주고받긴 했지만 내용은 잊어버렸다. 엄마는 그때도 흰 원피스를 입고 있었다.

여름이 지나고 가을도 끝날 무렵, 학교에서 돌아온 나는 가위로 조각조각 잘려 바닥에 널브러져 있는 원피스를 발견했다. 엄마가 화장실에서 쓱 나오더니 "그 사람, 아내가 있더라"라고 말했다. 내가 말없이 쓰레기봉투를 가져와 원피스였던 천 조각을 버리는 동안, 엄마는 위스키가 든 잔을 손에 들고 한쪽 무릎을 꿇은 자세로 앉아 있었다. 엄마가 잔을 내려놓고 내 쪽으로 다가온다 싶더니 손바닥이 머리를, 등을, 어깨를 마구잡이로 때렸다. 셀 수도 없이 몇 번이나.

나는 이를 악물고 참았다. 엄마 몸에서 벌레가 빨리 나오기만을 간절히 바랐다.

그러나 벌레를 쫓아낼 수 없었다. 아무도 그런 일은 해내지 못했을 것이다. 혹시 벌레를 길들일 수는 없었을까? 만약 길들일 수 있더라도 엄마한테는 무리였을 테니 이런 생각은 그만두자고 생각하며 나는 눈을 감았다.

11. 초인종 소리

유미코

꿈을 꿨다. 앞뒤가 맞지 않는 어두컴컴한 꿈이었다. 꿈에서 나는 배를 탔다. 같이 탄 사람이 있었는데 어두워서 누군지는 안 보였다. 삐이, 소리가 들렸다. 기적 소리인가? 아니, 아니다. 이 집의 초인종 소리임을 깨닫고 벌떡 몸을 일으켰다. 초인종이 계속 울렸다. 누굴까.

"네."

대답하며 현관으로 다가갔다. 유리문 너머로 커다란 그림자와 자그마한 그림자가 보였고, 자그마한 그림자는 폴짝폴짝 뛰고 있었다.

이런 섬에도 종교를 권유하는 사람이 오나? 다음 달에 무슨 일이 생길지도 모르는데 세계의 종말이나 내세는 어찌 되든 상관없다고 생각하며 유리문 너머로 다시 "누구세요?" 하고 말을 걸었다.

"유미코 씨?"

상대방이 나를 불렀다. 얼른 문을 열자 몸집이 작은 여자가 인사했다.

"안녕하세요. 인사가 늦어서 죄송해요."

이 사람이 시즈 씨인가 보다. 나도 허둥지둥 인사했다.

시즈 씨는 조그만 사람의 손을 붙잡고 있었다. 조그만 사람의 티 없이 맑은 눈동자가 나를 빤히 올려다보았다.

시즈 씨라는 어딘가 고풍스러운 이름과 섬에서 아들과 둘이 살며 묘를 지킨다는 정보를 듣고 육십대 여성과 삼십대 아들을 멋대로 상상했는데, 지금 앞에 선 사람은 나나 카에데 씨와 비슷한 나이의 여자였다. 아들은 아마 만 다섯 살 정도일까.

"어제 불이 켜진 걸 보고 무사히 도착하신 줄 알았어요. 인사하러 오려고 했는데 어제 아들이 열이 조금 나서 진료소에 데려가느라 정신이 없다 보니 이렇게 됐네요. 죄송해요."

"아, 아니에요. 아드님은 이제 괜찮나요?"

당황해서 묻는 내게 대답하지 않고 시즈 씨는 신발을 벗고 안으로 들어왔다.

시즈 씨는 자기 신발을 벗은 뒤, 아들에게 신발을 벗고 가지런히 모아두라고 지시했다.

"이거 드세요."

종이봉투를 내밀어서 머뭇거리면서도 감사히 받아 들었다. 전국에 체인점이 있는 빵집의 과자였다.

"사실 저희가 찾아가 인사드렸어야 했는데 죄송해요."

이렇게 말하며 벽시계를 보니 오전 열한 시를 지난 막 참이었다. 시즈 씨는 내가 입은 파자마와 헝클어진 머리를 보고 한쪽 눈썹을 씰룩거리며 "……설마 지금까지 주무시고 계셨어요?"하고 물었다.

"아, 네."

안쪽 방에 깔아둔 이불 속에서 카에데 씨가 꿈지럭거렸다. 잠에 취한 목소리로 나를 불렀다.

"머리가 깨질 것처럼 아파……."

"술을 너무 많이 마셔서 그래."

자기 나이와 체질을 고려하며 마셔야 한다고 카에데 씨를 타이르는데 시즈 씨가 목소리를 낮춰 물었다.

"저 사람은 누구예요?"

"같이 온 친구요."

"친구요? 왜요? 보통 저런 사람을 데리고 오나요?"

보통이 뭔지 모르겠지만 굳이 되묻지 않았다.

"어머, 이 방, 술 냄새가 너무 진동하지 않아요?"

시즈 씨는 창문을 열어야겠다며 온 집 안의 창문을 열고 돌아다녔다. 차가운 바람이 들어왔다.

"설마 이 시간까지 자는 사람이 있을 줄이야, 놀랐다고요."

기상 시간을 두고 집요하게 언급하는 시즈 씨의 말투에 뾰족하게 가시가 돋쳤다. 불쾌했지만 지금 나와 카에데 씨가 게으름을 부리고 있는 것은 사실이어서 받아칠 말이 없었다.

"물 좀 줄래?"

카에데 씨가 상체를 일으켰다. 그제야 시즈 씨와 아들의 존재를 깨닫고 "으잉?" 하고 이상한 소리를 냈다.

"안녕하세요!"

갑자기 시즈 씨의 아들이 활기차게 인사했다. 이 타이밍에 뜬금없는 인사다 싶었는데 시즈 씨는 인사도 하다니 장하다면서 아들의 머리를 쓰다듬었다.

차가 어디 있는지 몰라 허둥거리며 찾았다. 녹차를 우려서 내갔더니 시즈 씨가 죄송한데 어린아이에게 카페인을 먹이고 싶지 않으니 물을 줄 수 있느냐고 부탁했다. 하긴, 아이에게 카페인은 당연히 안 된다. 나는 반성하면서 발걸음을 돌렸다. 하는 김에 카에데 씨에게도 물을 가져다 주었다. 카에데 씨는 물을 반 정도 마시고 컵을 내게 돌려준 뒤, 다시 이불 속으로 파고들었다. 추우니까 창문을 닫아달라고 외쳐서 조금만 참으라고 속삭였다. 나도 춥지만 집주인의 의향이니 어쩔 수 없다.

차와 같이 먹을 간식이 없어서 시즈 씨가 준 과자를 접시에 담았다. 접시를 내려놓고 자리에 앉자 시즈 씨가 방긋 웃었다.

"히로키 오빠의 부인 되시는 분이죠. 두 번째."

굳이 말할 필요 없는 정보를 큰 소리로 말해서 나는 한숨 섞어 고개를 끄덕였다.

"시즈 씨는 히로키와……."

"육촌이요. 집이 가까워서 히로키 오빠랑 자주 놀곤 했어요."

시즈 씨가 추억에 잠긴 눈빛으로 말했다.

"아, 그러시구나."

나는 고개를 끄덕였다.

"히로키 오빠는 키도 크고 자상하고 멋있었어요. 나중에 커서 히로키 오빠랑 결혼할 거라고 말하고 다니기도 했어요. 그래서 처음 결혼했을 때는 얼마나 울었는지 몰라요."

시즈 씨가 생글생글 웃었다.

"슬펐지만 결혼식 사진에 턱시도를 입고 찍힌 히로키 오빠가 얼마나 멋있었는지 몰라요. 새언니가, 아, 죄송해요. 첫 번째 부인이요. 아무튼 그분이 입은 드레스도 예뻤어요. 속상하지만 잘 어울린다고 인정할 수밖에 없었죠. 유미코 씨랑 결혼하면서는 식을 안 올렸죠?"

"아, 네. 뭐……."

나는 흥미 없는 이야기를 흥미진진하다는 듯이 들으며 맞장구를 치는 기술을 익히지 못하고 중년이 되었다. 별로 후회하지는 않는다.

결혼하고 얼마 지나지 않아 히로키와 함께 성묘하러 왔을 때 시즈 씨는 없었다. 그 시기에 시즈 씨는 섬에서 나가 이웃 현에 있는 관광호텔에서 일했다. 이후 결혼해서 아이를 낳았지만 이혼하고 섬으로 돌아왔다고 했다.

"그래도 역시 히로키 오빠랑 결혼하신 분답게 정말 미인이세요."

"네? 아아, 고맙습니다."

"나는 이제 완전히 아줌마라니까요."

나는 시즈 씨를 차근히 살폈다. 카페오레 같은 피부색과 포동포동한 뺨에서 싱그럽다는 인상을 받지는 못했다. 아마도 펑퍼짐하고 허름한 앞치마 같은 걸 입은 탓일 것이다.

"전혀 안 그래 보이시는데요."

"아니에요. 애를 키우다 보니 나는 뒷전이라니까요. 아이가 없는 사람은 역시 여유로워 보여서 부러워요."

그러면서 시즈 씨는 아들 얼굴을 들여다보았다. 이름이 쇼타라고 했다. 쇼타는 나를 힐끔 보고는 자기 가방을 안고 테이블에서 멀어졌다.

"목욕도 아들이랑 같이 해야 한다니까요. 씻고 나서는 화장수만 대충 바르고 끝이고요. 유미코 씨는 피부에 공들일 시간이 많이 있죠?"

시즈 씨는 다시 외모 관리 이야기로 돌아갔다. 점점 귀찮아졌다. 잘 모르겠다고 대충 말을 흐리고 쇼타 쪽을 보았다.

쇼타는 가방에서 미니카를 꺼내 다다미 가장자리에 줄을 맞춰 늘어놓고 있었다. 꽉 막힌 고속도로 같이 긴 자동차 행렬이 생겼다. 조금만 더 가면 카에데 씨가 자고 있는 옆방 이 불까지 닿을 길이었다. 손님이 와도 카에데 씨는 일어나지 않았다. 머리가 아프면 계속 잔다. 카에데 씨는 그런 사람이다. 자기중심적인 태도에 새삼 감탄했다.

"아무튼, 비슷한 나이이기도 하고 이러니저러니 해도 우리 친하게 지낼 수 있을 것 같죠?"

"네?"

이러니저러니? 무슨 소리지?

"점심 같이 먹어요. 괜찮다면 저녁도요. 밥은 여럿이 먹어야 더 맛있고 즐거우니까요."

왠지 귀찮아지겠다고 생각하며 나는 미니카의 정체 행렬을 바라보았다.

점심은 시즈 씨가 사 왔다. 차를 타고 다녀오겠다면서 쇼타를 데리고 나가더니 금방 돌아왔다.

"고마워요."

시즈 씨가 샐러드 김밥과 닭고기 튀김이 든 봉지를 건넸다. 전자레인지로 데우고 닭튀김을 담은 접시를 양상추로 장식하는데, 카에데 씨가 드디어 일어났는지 시즈 씨와 대화하는 소리가 들렸다.

"아, 유미코 씨 옆집에 사시는구나. 결혼은요? 안 하셨어요? 어머. 도시에 사는 여자들은 미혼이 드물지 않나 봐요? 이렇게 예쁘신데."

대충 시즈 씨가 이런 말을 퍼붓는 식이었다.

"뭐, 예쁜 사람부터 순서대로 결혼하는 것도 아니니까요."

카에데 씨가 대답하자 시즈 씨는 입을 다물었다.

거실 테이블은 쇼타에게 조금 높았다. 카에데 씨가 방석을
반으로 접어 위에 앉으라고 무심하게 밀어주었다.

"저기, 히로키 일인데요."

내가 말을 꺼낸 순간 시즈 씨의 눈썹이 위로 솟구쳤다.

"미츠에 씨께 들으셨을 것 같은데, 섬에 히로키 같은 사람
이 있다고 해요. 시즈 씨, 혹시 본 적 없으세요?"

"글쎄요…… 잘 모르겠어요. 히로키 오빠가 왔다면 나한테
분명 들렀을 텐데."

시즈 씨는 중얼거리며 샐러드 김밥을 입에 가득 물었다.

"그냥 닮은 사람 아닐까요?"

시즈 씨는 우물거리면서 나를 바라보았다. 나는 그럴 수도
있겠다고 고개를 끄덕였다.

점심을 먹고 설거지를 하는데 시즈 씨가 내 옆에 서더니
"저 카에데라는 분이요, 무슨 일을 하세요? 혹시 술장사?" 하
고 귓속말을 했다.

"얼마 전까지 일반 사무직으로 일했어요. 절임류를 제조하
는 회사에서요."

"아하."

"직접 물어보시지 그래요?"

"물어보기 좀 그래서요."

시즈 씨가 입술을 삐죽였다. 이어서 "그런데 저 사람이요, 지금까지 계속 독신이래요. 되게 신기하지 않아요?" 하고 대단한 비밀을 밝히듯이 내 귓가에 대고 속삭였다. 미지근한 숨결이 닿아 슬쩍 몸을 피했다.

"별로 신기하지 않은데요."

뭐가 신기하다는 건지 의아해서 시즈 씨를 쳐다보았다.

"트럭이 꽝! 큰 사고가 났어요. 삐뽀삐뽀."

미니카 교통사고를 실황 중계하는 쇼타의 목소리가 들렸다. 그제야 시즈 씨 주변에는 그런 사람이 없다는 것을 깨달았다. 자신에게 익숙하지 않아서 신기한가 보다.

"꼭 결혼해야 하는 건 아니니까 괜찮잖아요. 이혼하는 사람도 있고."

앞으로 이혼할지도 모를 내 이야기를 한 것인데 시즈 씨는 자기 이야기인 줄 알았는지 콧김을 거칠게 내뿜었다.

"나는 한 번 했으니까 낫다고 생각하는데요?"

"낫다니요……."

"왜요? 낫다고 생각하면 안 돼요?"

"결혼할지 안 할지는 개인의 자유잖아요."

"그래도."

시즈 씨는 접시를 닦으며 또 입술을 삐죽였다.

"꼭 해야 하는 건 아니지만 한 번은 하는 게 좋으니까요. 주변에서도 하라고 하잖아요."

"시즈 씨는 주변에서 하라고 해서 결혼했어요? 세상 평판을 신경 쓰는 편인가 봐요."

나는 최대한 아니꼽게 들리지 않도록 조심하며 말했다. 주변 사람이니 평판이니 신경 쓰는 것은 상관없지만 타인에게 자기 생각을 강요하는 사람은 귀찮다.

"흐응. 신경 쓸 가치가 없다는 건가요?"

시즈 씨가 행주를 내려놓더니 턱을 들고 나를 곁눈질했다.

"멋있네요, 유미코 씨. 평판 같은 건 전혀 상관없나 봐요."

"딱히 그런 건 아니지만요."

뭐지, 이 사람. 대놓고 싸움을 거네. 나는 접시를 찬장에 정리했다. 시즈 씨는 턱을 치켜든 상태로 이번에는 나를 정면으로 쏘아보았다.

"이봐요. 우리가 어디에서 살고 있죠? 세상이죠. 세상. 그러니 세상 평판도 중요하잖아요?"

시즈 씨의 눈이 싸늘하게 번뜩였다. 대꾸하지 않자, 시즈 씨는 조용히 그러나 들으라는 듯이 한숨을 쉬고 내 옆을 지나갔다. 쇼타, 쇼타. 등진 채로 아들을 부르는 달콤한 목소리를 들었다.

설거지하는 동안 전화가 한 통 와 있었다. 밖으로 나가 걸으며 전화를 걸었다.

"유미코 씨? 지금 통화 가능해?"

미츠에 씨였다.

"어때? 히로키 있었어?"

"없었어요."

시즈 씨와 만났다고 하자 그러냐는 답이 돌아왔다. 좀 불편한 사람이라고 말하려다가 지금 미츠에 씨한테 말해도 의미가 없다고 생각해 그만두었다.

"간 김에 성묘도 좀 부탁할 수 있을까? 집 뒤에 있는 산 중턱에 있어."

자기가 할 말만 하고 미츠에 씨는 전화를 끊었다.

집에 돌아가자 카에데 씨가 쇼타와 미니카를 가지고 놀아 주고 있었다. 시즈 씨가 환하게 웃으며 오늘 자기들도 여기에서 자고 싶다고 했다. 멋대로 하라고 생각하며 고개를 끄덕였다.

쇼타는 벌써 다섯 살이니까 그렇게 손이 가지 않는다고 해서 그런 줄 알았는데 실상은 아니었다. 물론 엄마인 시즈 씨가 돌보았지만 옆에서 그 모습을 보고 듣기만 해도 굉장히 지쳤다.

저녁을 먹는데 먹고 싶은 반찬이 없다면서 시끄럽게 소리를 질렀다. 시즈 씨가 욕실로 데려가자 목욕하고 싶지 않다고 꽥꽥댔다. 난리를 부리며 목욕을 하나 싶더니 이번에는 샴푸가 눈에 들어갔다고 시끄럽게 울어대는 소리가 들렸다. 목욕을 마치고는 아이스크림을 먹고 싶다고 고집을 부렸다. 잠들기 전까지 칭얼거리다가 간신히 누워 잠이 들더니 이번에는 잠꼬대로 울음을 터뜨렸다.

무서운 꿈을 꿨다고 했다. 고릴라가 나왔다고 했다. 옷을 벗은 고릴라가 나왔다는 소리를 몇 번이나 했다. 원래 고릴라는 옷을 입지 않는다고, 어둠 속에서 눈을 비비며 생각했다. 대체 뭐 어쩌라는 건지 모르겠다. 그래도 시즈 씨는 아이를 무시하지 않고 "그랬구나, 고릴라가 무서웠어?" 하고 말을 받아주었다.

'만약'이나 '이랬다면' 같은 말은 아무 소용 없다. 현실이 아닌 가정은 아무리 생각해도 무의미하다. 그걸 알면서도 나는 어느새 생각에 잠겼다. 만약 내가 히로키와 아이를 낳았더라면.

분명 나는 지금 이곳에 없겠지.

뻗은 내 팔에 머리를 살짝 올린 작은 생명을 상상했다. 나보다 체온이 조금 높고 사랑스러운 작은 생명을.

다시 잠이 몰려와서 눈을 감았다. 시즈 씨가 조용히 노래를 불렀다. 자장가는 아니지만 듣기 좋은 노래였다. 달래듯이 쇼타의 이불 끝을 토닥토닥 다독이며 시즈 씨는 노래를 불렀다. 나는 엄마를 생각하며 몸을 뒤척였다.

12. 다시 한 번 말하지만, 그때는 그랬다

유 미 코

다음 날, 아침으로 먹을 버터 롤을 토스터로 데우면서 시즈 씨에게 말을 걸었다.

"오늘은 섬을 한 바퀴 돌아보려고 해요."

"관광으로요? 여기 아무것도 없어요."

시즈 씨가 대답했다. 숟가락을 쓰지 않고 인스턴트커피 가루를 머그잔 세 개에 나눠 담고 있었다. 카에데 씨가 잠에서 깨 맛있겠다고 중얼거렸다. 접시에 잘 찢은 양상추와 스크램블드에그, 구운 소시지, 마요네즈와 후추로 버무린 캔 참치 샐러드를 담았다. 버터 롤에 칼집을 넣어두어서 각자 먹고 싶은 것을 끼워 먹으면 된다. 어린이를 포함한 네 명분의 아침을 만들어본 적이 없어서 고민한 끝에 만든 요리였다.

"맞다, 섬 북쪽에 동굴이 있어요."

어떤 스님이 그곳에서 수행한 적이 있어서 벽에 석불이 새겨져 있다고 시즈 씨가 말했다.

"유령이 나온다는 소문이 있어서 몇 년 전에 잡지기자가 취재하러 왔는데 동굴에서 미끄러지는 바람에 다리가 부러졌다고 해요."

시즈 씨가 깔깔 웃었다.

"아니요, 관광이 아니라, 히로키를 본 사람이 없는지 물어보려고요."

내 말이 끝나기도 전에 시즈 씨가 갑자기 "에이, 에이" 하고 큰 소리를 내며 끼어들었다. 카에데 씨가 짜증 어린 시선을 보냈다. 카에데 씨를 유난히 잘 따르는 쇼타가 카에데 씨 옆에 앉아 버터 롤에 끼운 스크램블드에그를 뚝뚝 흘리며 먹고 있었다.

"에이. 히로키 오빠는 여기 없을걸요. 봤다고 한 사람도 분명 잘못 본 걸 거예요."

이렇게까지 단호하게 말하니 오히려 의심스러웠다. 그래도 혹시 모르니 할 수 있는 만큼은 해보겠다고 하자 시즈 씨는 답답한 사람이라는 듯이 노골적으로 한숨을 내쉬었다.

"그럼 내가 괜찮은 곳에 데려가 줄게요."

아침을 먹은 뒤, 텔레비전을 보겠다는 카에데 씨를 두고 집을 나섰다.

시즈 씨가 말하는 '괜찮은 곳'은 공민관*이었다. 오늘은 부인회 모임이 있다고 했다.

"사람들한테 물어보면 되잖아요. 어차피 의미는 없겠지만."

공민관은 하얀 외벽에 갈색 기와지붕을 얹은 아담한 건물이었다. 현관으로 들어가면 녹색 슬리퍼가 놓인 신발장이 바로 있었다. 아래쪽에 샌들과 운동화가 있었다. 쇼타의 손을 잡은 시즈 씨가 반투명 유리문을 활짝 열었다. 햇볕에 그을려 건강해 보이는 여자들이 회의실에서 흔히 보는 긴 테이블을 디귿 자 형태로 놓고 둘러앉아 있었다.

시즈 씨는 여자들과 두어 마디 대화를 나누었다. 그 말투를 듣고 나와 카에데 씨에게 말할 때는 그나마 격식을 차려서 말하는 것임을 알았다. 사투리가 심하고 말하는 속도가

---

* 지역 주민의 실제 생활에 필요한 교육, 학술, 문화 등과 관한 각종 사업을 진행하는 일본의 교육기관.

빨라서 한 마디도 알아들을 수 없었다. 미츠에 씨나 히로키도 예전에는 저런 사투리를 썼겠다고 생각하니 갑자기 먼 사람처럼 느껴졌다.

지금까지 나는 남편이나 남편의 어머니를 그럭저럭 안다고 생각했는데, 사실은 어느 것 하나 몰랐던 게 아닐까. 왠지 모르게 허전했다.

공민관에 모인 여자들은 오십대와 육십대 중심이었고 한 명은 아주 고령으로 보였다. 시즈 씨는 이들 틈에서 청년 취급을 받지 않을까? 쇼타는 바닥에 앉아 또 미니카로 정체 행렬을 만들기 시작했다.

나는 히로키의 사진을 꺼냈는데, 여자들에게 보여주기도 전에 시즈 씨의 방해를 받았다.

"히로키 오빠 비슷한 사람이 섬에 있다고 말한 게 누구예요?"

한 사람이 미츠에 씨 친구의 이름을 말했다. 시즈 씨는 "아하" 하고 고개를 끄덕이고 나를 돌아보았다.

"그 할머니는 노망기가 있어서 믿을 수 없어요."

시즈 씨는 입가에 손을 대고 속삭였다. 미츠에 씨는 그런 소리를 하지 않았는데. 전화상으로는 노망이 들었는지 알 수 없었던 걸까?

"저기, 혹시 히로키 오빠 같은 사람을 본 분이 여기 계세요? 계시면 손 좀 들어주세요."

여자들은 고개를 숙이고 입을 꾹 다물고 있었다. 시즈 씨는 의기양양하게 턱을 번쩍 들고는 "그렇죠? 내 말이 맞죠?" 하고 웃었다.

나는 알겠다고 고개를 끄덕였다. 그런데 사람들이 서로 슬쩍 눈치를 살피는 것이 아닌가.

무언가가 이상했다. 마치 트릭아트를 볼 때처럼 걸리는 것이 있었다. 무언가가. 그러나 그게 뭔지 정확히 표현하지는 못하겠다. 그래서 나는 대화 주제를 바꾸려고 방을 한 바퀴 둘러보았다.

한쪽 벽에 상자가 놓여 있었다. 살짝 열린 틈으로 하얗고 동그란 것이 보였다.

"저건 뭔가요?"

"아아, 그건요."

한 여자가 왠지 안도한 표정으로 일어섰다.

"그건 미가와리 상이에요."

"미가와리 상이요?"

나는 생소한 단어를 앵무새처럼 따라 했다.

섬에서 매년 십이월에 열리는 행사 때 쓰는 인형이라고 했다. 참가자 한 명씩 소원을 가슴에 적은 인형을 모닥불에 태우는 행사인데, 그 인형을 '미가와리 상'**이라고 부른다.

예전에 집 근처 신사에서 열린 섣달 액막이 행사에 참여한 적이 딱 한 번 있다. 그 행사에서도 일 년간의 죄와 부정을 정화하기 위해 사람 모양으로 오린 한 하얀 종이에 이름을 쓰고 불태웠다.

미가와리 상이라는 단어가 〈기묘한 이야기〉**에 나올 것처럼 묘하게 불길했지만 동네 신사에서도 비슷한 행사를 했으니까 이상할 것은 없다.

미가와리 상으로 쓰는 인형은 부인회 사람들이 손수 만든다. 회사에 다니는 사람도 있어서 매주 토요일에 공민관에 모여 수다를 떨며 만드는데, 도민 한 사람당 한 개씩을 만들어야 해서 각 부인회 인원에 따라 주어지는 할당량도 많았다. 그래서 회사에 다니지 않는 사람은 토요일이 아니어도 미가와리 상을 만들러 공민관에 모인다고 했다.

가방에서 반짇고리를 꺼내면서 한 할머니가 다섯 개쯤 만들면 눈이 침침해진다고 해서 나는 솔직하게 "너무 힘드시겠

---

* '미가와리(みがわり)'는 대역이라는 뜻이다.
** 1990년부터 방영 중인 일본의 유명 드라마. 제목 그대로 무섭고 기이한 이야기들을 모은 내용이다.

어요" 하고 맞장구를 쳤다.

"아아, 나 좋은 생각이 났어요."

시즈 씨가 가슴 앞에서 손뼉을 쳤다.

"유미코 씨, 미가와리 상 만들기를 도우면 어때요?"

어차피 여기서 할 일도 없지 않느냐는 시즈 씨의 말에 "네에?" 하고 목소리까지 뒤집으며 당황했지만, 눈이 침침해서 큰일이라는 할머니가 "아이고, 그럼 고맙지. 이거 고맙구려" 하고 나를 올려다보아 차마 거절하지 못했다.

미가와리 상을 어떻게 만드는지 배웠다. 네모난 하얀 천의 세 부분을 맞춰서 꿰매고 솜을 채운다. 가늘고 긴 방망이 모양이 완성되면 오 분의 일 지점에서 비틀어 실로 꿰매 머리를 만들고, 남은 귀퉁이를 꿰맨다. 몸통이 되는 나머지에 손발이 되는 하얀 끈을 꿰매 붙이면 끝이어서 만드는 방법 자체는 간단했다.

그다지 어렵지 않겠다 싶어 의자에 앉아 대충 하나를 만들어보았다. 옆에 앉은 사람이 내 손놀림을 보고 빠르다며 감탄했다.

원래 수예를 싫어하지 않고 그럭저럭 괜찮은 솜씨라고 자부하는 나는 몇 번 해본 솜씨 같다는 칭찬에 우쭐해졌다.

열심히 만들어달라는 듯이 눈앞에 천과 솜이 잔뜩 놓였다.

우리 모임은 금방 할당량을 달성하겠다고 하도 호들갑을 떨어서 부끄럽게 웃으며 바늘을 움직였다. 나는 아무래도 이런 것에 굶주렸나 보다.

직업을 구하지 못하는 상황에서 금전적인 이유를 제외하면 몸 둘 곳이 없는 허전함이 제일 힘들다는 것을 새삼스럽게 깨달았다. 나 아닌 다른 사람이 고맙다고 말해주는 것이 기뻤다. 조금 과장해서 말하면 내가 이 세상에 태어난 의미가 있다는 기분이 들었다.

마흔을 목전에 두고 뜬금없는 자아 발견도 우습다고 생각하며 열심히 바늘을 움직였다. 세 개쯤 만들고서야 시즈 씨와 쇼타가 어느새 사라진 것을 알았다. 그 애들은 벌써 돌아갔다는 할머니의 말을 듣고서야 속았다는 기분이 들었다.

해가 기울어질 즈음에야 공민관에서 나왔다. 팔을 돌려 뭉친 어깨를 풀었다. 미가와리 상을 하나 만들 때마다 할머니가 기뻐해서 이 시간이 될 때까지 집중하고 말았다.

오늘은 저녁을 만들기 귀찮았다. 시즈 씨는 또 밥을 먹으러 올까? 투덜투덜 혼잣말을 하며 걸었다. 편의점이나 마음 편하게 들어갈 체인점 식당이 없어서 불편했다. 그 (지저분한) 가게에는 가기 싫었다.

몇 미터 앞에 키가 큰 남자가 걷고 있었다. 히로키와 비슷한 것 같아서 종종걸음으로 다가갔다. 그러나 아니었다. 가까이에서 보니 전혀 달랐다. 히로키보다 젊고 햇볕에 잘 그을린 남자였다. 수상한 여자를 보는 의심적은 시선을 뒤집어썼다. 고개를 살짝 숙이고 걸음을 늦췄다.

어두운 곳에서 다시 보니 히로키와 전혀 닮지 않았다. 히로키는 좀 더 느릿느릿 걷는다. 결혼하기 전에 둘이 같이 걸었을 때는 소처럼 느리다고 생각했다.

"그야 여자애는 걸음이 느리잖아?"

내 걸음에 맞춰준다는 식으로 말했지만 히로키는 혼자 걸을 때도 느린 편이었다.

여자애는 이렇잖아. 여자애는 이런 걸 좋아하잖아. 그러고 보니 그런 소리를 잘하는 사람이었다. 나는 어느 순간부터 히로키를 떠올릴 때 과거형으로 생각했다.

'여자애'라고 불리는 것이 싫었다. 내가 십대라면 그렇게 불려도 어쩔 수 없지만, 이제는 껄끄러웠다. 여자애라는 단어에서 어엿한 인간으로 인정해주지 않는 뉘앙스를 느꼈는지도 모른다. 여자는 귀여워하고 예뻐해주면 그만이라는 사고방식이라면 지친다.

그러고 보니 싸운 적도 한 번 있었다. 터벅터벅 걸으면서 잊고 있던 기억을 떠올렸다.

히로키가 농담으로 내게 "이리 오세요, 공주님"이라고 말한 적이 있었다. 계단을 내려가다가 히로키가 몇 계단 아래에서 손을 내밀며 말했다. 밥을 먹고 돌아가는 길이었고 둘다 잔뜩 취해 있었다. 결혼하고 얼마 지나지 않았을 때였다.

"고마워."

계단 경사가 조금 급했다. 위험하니까 조심하라는 배려를 느껴 고맙다고 하긴 했다. 그래도 공주님이라고 불리기는 싫었다.

"공주님은 좀 별로야."

그래서 솔직하게 말했다. 농담인 줄은 알지만 위화감을 느낀다고 말했다. 히로키는 순간 눈을 동그랗게 뜨더니 가볍게 한숨을 내쉬었다.

"여자애는 어렵네. 소중하게 여기지 않는다고 시시때때로 화를 내면서 소중하게 대해주면 또 싫다고 하고."

그 말을 듣고 취기가 싹 가셨다.

나는 소중하게 여기지 않는다고 히로키에게 시시때때로 화를 낸 적이 없다. 소중하게 여기지 않는다고 화를 낸 건 다른 사람이다. 전처나 딸이나 혹은 다른 '여자애'일 것이다.

"나는 그런 소리 안 했는데? 누가 그런 소리를 했어?"

되물은 내 목소리는 생각보다 날카로웠다.

"일반적인 얘기를 한 거야."

"지금 내가 일반적인 여자애 이야기를 한 거 아니잖아?"

나는 내가 그렇게 불리기를 싫어한다는 감정 그 자체를 말했다. 히로키가 '아아, 유미는 공주님이라고 불리는 걸 좋아하지 않는구나'라는 사실만을 알아주기를 바랐고, 앞으로 농담이라도 공주님이라고 부르지 않으면 충분했다. 그런데 히로키는 마음이 상했다는 듯이 고개를 돌리더니 "진짜 여자애는 모르겠다니까"라는 소리를 했다.

"그러니까 '여자애'가 아니라 내 얘기라고. 제대로 좀 들어."

"너도 여자애잖아."

애초에 공주님으로 취급하는 것이 소중히 여기는 것과 동급일까? 그냥 대등한 인간으로 대하면 되는 것 아닐까? 이렇게도 말했지만 히로키는 입을 조개처럼 꽉 다물었다.

"뭐라고 말 좀 해봐."

소매를 잡았더니 뿌리쳤다. 나는 움츠러들었다.

"알았어. 알았다고. 알았으니까 됐지? 이제 그만해."

히로키는 억지로 대화를 끝냈다. 그로부터 일주일 가까이 히로키는 토라져 있었다. 밥을 다 차렸다거나 목욕물을 받아두었다는 말에도 묵묵부답이어서 어색하고 불편했다.

그때, 단순히 연인 사이일 때와 결혼한 사이의 가장 큰 차이는 싸운 뒤의 서먹함이라고 생각했다. 결혼하기 전에는 어색한 분위기가 되어도 헤어져서 각자 집에 가면 그만이었다. 혼자가 되어 냉정하게 생각을 정리할 수 있었다. 그러나 같이 살면 그러지 못한다. 며칠이나 투자해 어색한 공기를 회복해야 한다.

딱히 나쁜 말을 한 것도 아닌데 이쪽에서 화해하자고 나서기는 이상했다. 그러나 히로키가 화해하려는 노력을 전혀 하지 않아서 결국 내가 하는 수밖에 없었다. 적어도 그때는 그래야 한다고 생각했다. 화해하는 노력은 내가 할 역할이라고. 어색함을 참지 못해 먼저 항복한 쪽이 맡으면 되는 역할이라고. 다시 한 번 말하지만, 그때는 그랬다.

13. 절망적인 라인업

카 에 데

"뭐? 그럼 매일 거기에 다니겠다고?"

유미코가 뒤를 돌아보더니 그렇다고 고개를 끄덕이고, 바람이 불어 흐트러진 머리카락을 귀 뒤로 넘겼다. 산책하러 다녀오자고 해서 밖으로 나왔다. 유미코는 걷는 것을 정말 좋아한다.

유미코는 오늘은 산에 가자며 오르막길을 성큼성큼 올라갔다. 앞에 뭐가 있는지 물어보니 폐허가 된 병원과 신사, 그리고 묘지가 있다고 했다. 절망적인 라인업이라는 말이 저절로 나왔다.

"부인회 일을 왜 도와. 그런 건 거절해. 미가와리 상은 또 뭔데."

내가 뾰로통하게 입술을 내밀자 유미코는 "흐음" 하고 곤란한 듯이 고개를 숙였다.

"부인회 할머니가 힘들어 보이셨단 말이야."

"할머니는 할머니고 너는 너잖아! 너 지금 여행 중이잖아? 여기에서 영원히 살 생각이라면 또 모르지만."

나는 투덜대다가 문득 입을 다물었다. 네가 그러는 동안에 나는 그럼 뭘 하면 되는 거냐고 무심코 말하려던 자신을 깨달았다.

이건 아니지, 이건 아니다. 혼자서는 아무것도 못 하는 사람을 나는 예전부터 경멸했다. 동행이 없으면 음식점에 들어가지 못한다거나 초등학생 때 친구랑 같이 화장실에 갔다는 소리를 들으면 어이가 없었다. 우리는 지금 같이 여행하고 있지만 붙어 다니려고 온 것은 아니다. 관광지에서 흔히 파는 이름을 각인한 커플 열쇠고리를 사지도 않고, 유미코가 만든 요리를 일일이 찍어 '친구야, 고마워☆' 같은 말과 함께 SNS에 올리지도 않는다. 나와 유미코는 그런 관계와 다르다. 이런 생각에 이르자 "그래, 알아서 해" 하고 고개를 돌렸다.

"이제 곧 신사가 보일 거야."

크게 굽은 언덕길에 접어들 무렵, 트럭 한 대가 우리를 추월해 지나갔다. 언덕 경사가 점점 심해져서 한 걸음을 걸을 때마다 허벅지가 찌릿찌릿 아팠다. 머플러를 두르고 있었는데 숨을 몰아쉬느라 열이 얼굴까지 올라 풀어버렸다.

"여길 매일 다니면 다리랑 허리가 튼튼해지겠어."

평소처럼 스스럼없는 투로 말을 거는 유미코에게 고개만 끄덕였다. 거칠어진 숨을 들키기 싫었다. 이상한 경쟁의식이 불타 나만 힘들어서 헉헉대는 것이 분했다.

유미코 말대로 곧 신사의 도리이가 보였다. 돌로 만들어진 도리이는 색도 우중충했고 낙엽에 절반쯤 파묻혀 있었다. 도리이 너머로 돌계단이 이어졌는데 여기저기 깨져서 위험해 보였다.

"여기 좀 무서운데?"

"왜? 참배하고 가자."

"오히려 재앙을 입을 것 같다, 야."

나는 투덜대면서도, 무너질 것 같은 돌계단을 폴짝폴짝 올라가는 유미코 뒤를 쫓아갔다. 유미코가 참배하는 동안 여기에서 기다리는 것도 무서웠다. 나무가 울창한 숲이었고 때때로 정체 모를 새가 울었다.

돌계단을 다 오르자 작은 사당이 있었는데, 그게 다였다. 수돗가에 거미집이 가득 있는 것을 보니 평소 이곳에 아무도 오지 않는 것이 분명했다. 사당 옆에 50센티미터 정도 크기의 석상이 있었는데 머리가 없어서 꺼림칙했다.

"아마 태풍 때문에 망가졌을 거야."

머리 없는 석상은 이끼를 뒤집어써서 정확히 판별할 수 없었지만 형태로 보아 여성 같았다.

유미코가 공민관에서 들은 이야기에 따르면, 예전에 이 섬에서는 물고기가 안 잡히거나 흉작 같은 안 좋은 일이 이어지면 액막이 행사로 미가와리 상이라는 인형을 태웠다고 한다. 지금은 일 년에 한 번 하는 행사다. 그 이야기를 듣고 나는 직감했다.

"알았다. 예전에는 분명 인형이 아니라 인간이었을 거야. 제물인 거지."

나는 바르르 몸을 떨었다.

"아아, 예전에는 그런 일도 있었다니까."

유미코는 전혀 동요하지 않았다.

결혼하려고 했던 옛 남자가 도시 전설이나 괴담을 좋아해서 내게도 자주 들려주었다. 그때는 그냥 기분 나쁜 이야기라고 생각하고 말았는데, 산속 신사에서 떠올리니 말 그대로 등골이 오싹해졌다.

"그만 내려가자."

"아, 응. 알았어. 잠깐만."

유미코는 새전함*에 동전을 넣고 고개를 두 번 숙인 뒤, 손뼉을 치고 다시 고개를 숙였다. 아무도 없는 곳에서 참배 의식을 철저하게 지키지 말아줬으면 좋겠다.

"빨리 가자니까."

생각보다 겁쟁이라는 소리를 들으며 돌계단을 내려갔다. 유미코는 "예전에는 인간을 바쳤을지도 모르지만 지금은 인형이니까 괜찮잖아? 나도 처음 들었을 때는 좀 꺼림칙하다고 생각하기는 했어. 그런데 미가와리 상 풍습이 꺼림칙한 게 아니라 원래 인간 자체가 꺼림칙한 존재인 것 같아"라는 소리를 태연하게 했다.

예전에 사귀던 남자가 지방의 제물 풍습에 관해서 해준 이야기 중에 가장 인상적이었던 말은, 제물을 바친다는 평계로 성가신 존재를 처리하려는 것이었으리라는 추측이었다. 좁은 마을에서 튀는 사람이나 미움을 받는 사람을 처리하기 위한 풍습일지 모른다고 그는 추측했다. 아마 어떤 책에 적힌 내용을 그대로 읊었을 뿐이겠지만, 그때 나는 '나도 그 시대에 태어났으면 눈엣가시 취급을 받았겠지'라고 생각했다. 그

---

* 일본 절이나 신사에서 부처나 신령 앞에 돈을 바치는 함.

때 그 기분이 갑자기 현실적으로 되살아났다. 싫은 곳에 왔다 싶었다.

"앗."

뒤에서 유미코가 작게 비명을 질러 나는 소스라치게 놀라 뒤를 돌아보았다.

"왜 그래?"

"······미안, 아무것도 아니야."

"그래?"

나는 고개를 갸웃거리며 돌계단을 마지막까지 내려왔다.

한참 걷다가 깨달았다. 유미코가 왼손을 오른손으로 감싸고 걷고 있었다.

"뭐야, 왜 그래?"

다시 묻자, 유미코는 별것 아니라고 우물대면서 돌계단을 내려오던 도중에 쭉 뻗은 나뭇가지에 베었다고 손등을 보여 주었다. 피가 맺혀 있었다. 나는 코트 주머니에서 휴대용 휴지를 한 장 뽑아 건넸다.

"바로 말하지 그랬어."

"크게 다친 것도 아니고, 카에데 씨 빨리 내려가고 싶은 것 같았으니까."

유미코는 돌아가서 반창고를 붙이면 되니까 굳이 지금 말할 필요가 없다고 판단했다고 변명하면서 어쩔 줄 모르는 표정으로 어깨를 움츠렸다.

"너는 꼭 그러더라."

핀잔을 주면서 나는 왜 이렇게 화가 났는지 속으로 의문을 품었다.

"별것 아니라도 말하면 되잖아. 너는 이렇게 전부 혼자 결론을 내리지. 그러니까 손해를 보는 거라고!"

버럭 화를 내며 휴지를 몇 장 더 뽑았다. 유미코는 여전히 쩔쩔매는 표정으로 내가 거칠게 내미는 휴지 뭉텅이를 받아들며 이렇게 많이는 필요 없다고 중얼거렸다.

14. 가벼운 벌

유 미 코

공민관에 갔다가 산책하러 가는 것이 나의 일과였다. 오늘은 연락선 선착장에 가보았다.

연락선보다 훨씬 작은 배 옆에 사람들이 있었다. 담배를 피우거나 컨테이너를 쌓고 있었다. 나는 코트 주머니에 손을 찔러 넣고 그 모습을 지켜보았다.

햇볕에 타 건강해 보이는 남자들이 무슨 말인가 주고받으며 웃었다. 손수레를 끌고 지나가던 할머니가 그 남자들과 한두 마디를 주고받았다. 어떤 내용인지까지는 들리지 않았다. 손수레에는 채소 따위가 담긴 상자가 쌓여 있었다. 시장에라도 가려는 것일까? 시간이 이미 늦은 걸 보면 돌아오는 길일까. 혹은 직접 팔러 다니는 건지도 몰랐다.

'티켓 판매'라고 적힌 창구에 남색 겉옷을 입은 여자가 앉아 있었다. 한가해 보여서 다가갔다.

히로키의 사진을 보여주고 최근에 이런 사람을 본 적이 있는지 물어보았다. 대충 오십대 정도로 보이는 포동포동한 여자는 사진을 차분히 살펴본 뒤에 잘 모르겠다고 대답하며 자기 뺨을 손으로 감쌌다.

"아니에요. 고맙습니다."

자리를 떴는데 창구에 앉은 여자의 시선이 나를 따라오는 것 같았다. 돌아보았더니 역시 눈이 마주쳤다. 내가 고개를 숙이자 그쪽도 눈인사를 보냈다.

연락선을 기다리는 사람들이 대기하는 벤치에 앉아 벌써 수도 없이 본 사진을 다시 들여다보았다. 이 사진을 찍은 결혼 피로연에 나도 참석했다. 히로키와 나란히 앉았다. 총 여섯 명이 앉을 수 있는 테이블에 같이 앉은 하객 역시 부부끼리 알고 지내는 친구 사이여서 분위기가 좋았다. 히로키는 과음해서 집에 돌아오자마자 바로 침대에 쓰러졌다.

"양복에 주름 잡히잖아."

그때 나는 목걸이를 풀며 그를 나무랐다. 나는 차가운 벤치와 엉덩이 사이에 장갑을 낀 한쪽 손을 밀어 넣고 옛 생각

에 잠겼다. 미츠에 씨가 똑같은 것이 두 개 있다면서 선물해
준 진주 목걸이가 너무 무거워서 어깨가 결렸다. 피로연 중
반부터 풀고 싶다는 생각만 했다.

"어차피 세탁소에 맡길 거니까 괜찮아."

히로키는 턱을 괴고 나를 올려다보았다.

"즐거워 보였어."

사실 양복에 주름이 잡히거나 말거나 상관이 없었다. 그냥
말해봤을 뿐, 양복 얘기를 뒤로하고 나는 반짝반짝 빛나듯
환하게 웃었던 오늘의 신랑 신부 이야기를 꺼냈다. 행복해
보인다고 표현해야 옳을지도 모르지만, 양친에게 꽃다발을
건넬 때도, 친구의 연설을 들을 때도 감동의 눈물을 흘리는
것이 아니라 방긋방긋 웃고 있던 둘은 역시 즐거워 보였다.

"응, 그랬지."

히로키는 순순히 고개를 끄덕이고, 원피스의 등 지퍼를 내
리는 나를 바라보았다. 지퍼가 어디에 걸렸는지 잘 내려가지
않았다. 나는 바동거리느라 정신이 없는데 히로키가 "부러웠
어?" 하고 물었다.

"응? 뭐가?"

"결혼 피로연."

"……응? 아아, 별로."

지퍼가 내려가지 않아 짜증이 난 참이어서 어쩌면 건성으로 대답했는지도 모른다. 그때 히로키가 큰 한숨을 내쉬었다.

왜 갑자기 옛날 일이 생각나는지 모르겠다.

코트 주머니에 넣어둔 사진을 만지작거리는데 옆에 누군가가 앉았다. "저기요" 하고 내게 말을 걸었다. 아까 창구에 있던 여자였다.

"마침 교대 시간이어서요."

여자가 손가락으로 창구 쪽을 가리켰다. 티켓 판매 창구에 중년 남성이 지루해 죽겠다는 표정으로 앉아 있었다. 나는 그러느냐고 고개를 끄덕였다. 생각보다 꽤 오래 벤치에 앉아 있었나 보다.

"……아까 보여주신 사진에 있던 그 사람 말인데요."

창구 여자가 머뭇거리며 말을 꺼냈다. 나는 남편이라고 대답했다.

"갑자기 사라져서요."

"아아, 네."

창구 여자가 알겠다는 듯이 고개를 끄덕였다. 그러더니 "남편이 사라진 건 언제죠? 그 이후로 계속 찾고 계신 거예요?" 하고 질문을 던졌다. 일 년쯤 전에 사라졌고 열심히 찾은 것은 아니지만 이 섬에서 본 사람이 있다는 정보를 들어서 왔으며 참고로 이곳이 남편의 고향이라고 대답하자, 창구 여자는 약간 묘한 표정을 지으면서도 "아아, 그렇군요" 하고 고개를 연거푸 끄덕였다. 자기는 이 섬에 온 지 몇 년 되지 않아 잘 모르지만 섬사람들이 많이 모이는 장소에 가보라는 조언도 해줬다.

나는 대답을 대충 흐렸다. 이미 그러고 있지만 진척이 없다고 설명하기 시작하면 이야기가 길어질 것이다.

"사실은 저도 도망쳐 온 거여서요…… 결혼도 했는데요."

아르바이트를 하던 곳에서 가까워진 사람과 사랑의 도피를 했다고 한다. 그 상대 역시 기혼자였다는 창구 여자의 갑작스러운 고백에 나는 솔직히 당황했다. '이 섬에 온 지 몇 년 되지 않은' 이유가 그것인가 보다.

"사랑의 도피요?"

적절히 대꾸할 말을 찾지 못해 그저 그녀가 한 말을 반복했다.

"이게 마지막 사랑이라고 믿었어요."

"마지막 사랑이요."

창구 여자가 쓰는 어휘는 유난히 극적이었다. 여자는 "당신 남편도 아마……"라고 말하며 나를 보았다. 눈은 나를 보고 있지만 여기 없는 다른 무언가를 보는 듯한 표정이었다.

'도취'라는 두 글자로 설명할 수 있는 표정이었다.

나한테 왜 뜬금없이 이런 고백을 하는지 고개를 갸우뚱하며 이야기를 들었다. 어쩌면 자기를 욕하고 책망해주기를 바라는지도 모르겠다. 자기가 버리고 온 배우자, 혹은 '마지막 사랑'인 상대의 배우자와 비슷한 처지로 보이는 여자에게 "당신, 진짜 나쁜 사람이네요"라는 원망의 말을 듣고 조금이라도 편해지고 싶은 걸까.

그렇게 판단한 나는 벌떡 일어났다.

"아아, 그러셨군요. 인생은 다양하니까요."

가벼운 벌을 받아 편해지고 싶은 마음은 이해하지만 굳이 내가 거들어주고 싶지 않았다. 뒤를 돌아보지 않고 연락선 선착장을 떠났다.

15. 집으로 돌아갈까

카 에 데

베개 아래에 넣은 손을 쇼타가 밟았다. 나는 얼굴을 찡그
리고 아프다고 말했다. 쇼타는 내 얼굴을 들여다보고 미안하
다고 했다.

"아침인데 왜 안 일어나?"

아이의 목소리는 시끄럽다. 술에 취한 머리가 지끈지끈 울
렸다.

"일어나고 싶지 않으니까."

대답해주고 몸을 뒤척였다. 이 섬에 온 지도 일주일이 지
났다. 시즈라는 여자는 열쇠로 이 집에 자유롭게 들락거렸다.
오늘은 토요일이어서 어업 협동조합 일을 쉬니까 아침부터

와 있었다.

"저기요, 이제 좀 일어나지 그래요? 벌써 열 시가 넘었다고요."

시즈의 날카로운 목소리가 들렸다. 내 대답도 듣지 않고 청소기 스위치를 켰다.

"일어나요, 일어나!"

일부러 괴롭힐 속셈인지 내 머리 근처에서 청소기를 움직였다. 슈욱, 하는 소리가 나자 시즈가 불쾌하다는 듯이 "아이참" 하고 외쳤다. 청소기 스위치를 껐다.

"바닥에 이런 것 좀 버리지 말란 말이에요."

내가 어제 먹은 사탕 봉지였다. 나중에 버리려고 거기에 뒀다고 변명하자 "나중에 버리려고 하지 말고 바로바로 쓰레기통에 넣으라고요!"라는 새된 호통이 떨어졌다.

"왜 이리 단정하질 못해요. 남자같이 굴지 좀 마요. 애가 배우니까."

시즈는 이 세상의 깔끔한 남성이 격노할 소리를 아무렇지 않게 했다. 자기가 아는 남자, 한때 결혼했던 남자가 그랬을까? 이 사람은 자기 남편이 칠칠치 못한 행동을 하면 늘 이런 식으로 화를 냈을까?

"아침에도 일찍 좀 일어나요. 쇼타의 교육에 좋지 않다고

요."

"내가 왜 당신 아들 교육에 협력해야 하는데?"

내가 그렇게 마음에 안 들면 안 오면 될 것 아니냐고 쏘아 붙이려고 했지만 생각해보니 이 집의 소유주는 시즈였다.

스마트폰을 들여다보던 유미코가 이쪽을 힐끔 보았다. 시즈는 유미코와 옷장 사이를 청소하며 어깨너머로 유미코의 스마트폰 화면을 들여다보았다.

"그 사람, 누구예요?"

아아, 그 사람인가. 나는 이불 속에서 돌아누우며 생각했다. 유미코가 좋아하는 후지이 어쩌고 하는 배우. 유미코가 후지이 카즈마라는 배우라고 대답했다. 맞다, 그런 이름이었다.

"헤에…… 젊으시네요."

젊다는 말에 비꼬는 어조가 잔뜩 담겼다. 이때의 '젊다'는 후지이 카즈마가 아니라 유미코에게 한 소리였다.

"젊을 때나 연예인을 좋아하는 줄 알았는데. 아, 그래도 트로트 가수를 쫓아다니는 아줌마들도 있죠. 유사 연애 같은 건가?"

시즈는 청소기 소리에 묻히지 않도록 목소리를 높였다.

"유사 연애 같은 게 아니고요."

유미코는 지긋지긋하다는 표정으로 스마트폰을 내려놨다.

"별 같은 존재죠."

매일 별의별 일이 다 생기다 보니 가끔 전부 다 내팽개치고 싶을 때가 있지만, 다음 달이면 후지이 카즈마가 출연하는 영화가 개봉하니까 그때까지만 참고 살아야겠다고 생각한다고 유미코는 설명했다. 나는 새삼스럽게 놀랐다. 유미코도 전부 다 내팽개치고 싶다고 생각할 때가 있다는 것에. 뭔가 더 담담한 여자라고 생각했었다.

"음, 그래도 팬이라는 거잖아요?"

시즈는 유미코의 말을 전혀 알아듣지 못하겠는지 고개를 절레절레 저으며 다시 청소를 시작했다. 유미코도 설명하기를 포기했는지 현관을 청소하고 오겠다며 일어났다.

이불에서 빠져나와 세면대로 갔다. 세수를 하고 옷을 갈아입고 테이블에 올려둔 거울을 보며 정성껏 화장했다. 화장 도구가 신기한지 쇼타가 내 옆에 쪼그리고 앉아 "이건 뭐야? 이건?" 하고 물었다. "마스카라야. 속눈썹을 길어 보이게 하는 거야. 눈이 또렷하면 예뻐 보이거든" 하고 대답해주었다.

종종 "카에데 씨, 아이를 싫어하죠?"라는 단정적인 질문을 받는다. 나는 오히려 '아이'를 한 묶음으로 간주하는 사람들이 싫다. 나는 남자가 좋지만 남자라면 누구나 다 좋은 것은 아니다. 아이도 그렇다. 별로인 아이도 있고 귀여운 아이도

있다. 아이라도 어엿한 사람이다. 나는 아이를 한 묶음으로
여기지 말라고 생각할 정도로는 개인을 존중한다.

"이건 뭐야?"

쇼타가 아이브로펜슬을 쥐고 나를 올려다보았다.

"눈썹을 그리는 거야. 이렇게."

거울을 보여주며 쇼타의 가느다란 눈썹 위로 펜슬을 움직
였다.

"어떻게 할까? 켄시로 같은 굵은 눈썹으로 해줄까? 아,『북
두의 권』*은 모르겠구나. 알 리가 없지"라고 말하며 눈썹을
진하고 굵게 그려주자 쇼타는 까르르 소리 내어 웃었다.

"이야, 잘 어울리는데요, 도련님?"

내가 놀리자 쇼타가 무릎 위로 올라왔다. 아이의 머리에서
는 햇볕을 가득 품은 냄새가 났다. 신기해서 냄새를 맡는데,
부엌에 있던 시즈가 다가와 절규했다.

"이게 무슨 짓이에요! 남자애한테 화장이라니!"

쇼타의 팔을 잡아 당장 떨어지라면서 내 무릎에서 억지로
끌어내렸다. 쇼타는 겁을 집어먹은 얼굴로 엄마를 올려다보

---

* 1980년대를 대표하는 만화. 만화가 하라 테츠오와 스토리 작가 부론손의 대표작이
  다. 주인공 켄시로는 눈썹이 아주 진하다.

았다.

"남자도 화장하는 사람이 있는데요?"

"보통은 안 해요!"

"보통이라니, 보통이 뭔데요?"

"생각해보면 알 거 아니에요!"

시즈는 버럭 화를 내고 쇼타를 세면대로 끌고 갔다. 아파, 엄마, 아프단 말이야. 우는 소리가 들리는 것으로 보아 얼굴을 벅벅 문지르고 있는 것 같았다.

내 보통과 당신의 보통은 아마 전혀 다를 거야.

한숨이 나와서 화장이 끝나지도 않았는데 코트를 입고 집을 나섰다. 현관을 청소하던 유미코가 어디 가는지 물었다. 대충 돌아다니다 오겠다고 대꾸하고 걸음을 옮겼다.

유미코도 유미코다. 이상한 여자가 자기 자식을 데리고 멋대로 침입하는데 왜 아무 말도 하지 않는 걸까.

먼저 집으로 돌아갈까 보다. 나는 이 작은 시골 마을에 벌써 질렸다. 불편하고 텔레비전 수신 상태도 좋지 않고, 너무 조용해서 오히려 불안했다. 게다가 유미코는 속없이 사람이 좋아서 미가와리 상 만들기라는 일감을 도맡아 매일 공민관으로 외출한다.

바다를 흘끗거리며 성큼성큼 걸었다. 유미코는 걸으면 차분해진다고 했는데 나는 전혀 아니었다. 다리가 아플 뿐이었다. 갈 곳도 없어서 결국 연락선 선착장까지 와버렸다.

그리 크지 않은 시장을 둘러보았다. 은색으로 빛나는 생선이 얼음을 깐 매대 위에 즐비하게 놓여 있었다. 생선을 사서 가면 유미코가 회를 떠주지 않을까. 그러나 시즈가 또 어린애한테 날생선은 안 된다고 악을 쓸 것 같아서 싫었다. 그러고 보니 날생선은 몇 살부터 먹어도 되지? 나는 그런 것을 전혀 모른다.

옆에 남자가 섰다. 키가 아주 컸다. 작업복 바지와 상의를 입고 있었다.

"여기 생선은."

처음에는 옆에서 들려온 그 말이 나를 향한 것인 줄 몰랐다. 그래서 가만히 있었는데 아무래도 내게 하는 말인 것 같았다. 주변에 다른 사람이 없었다.

"관광객 대상이라 비싸요."

신선하지도 않다고 알려주는 남자는 햇볕에 까맣게 타 있었다. 멋을 부리려고 한 태닝이 아니라 실외에서 일하는 자만이 갖는 탄탄한 피부색이었다. 고개를 들자 시선이 마주쳤다. 남자가 웃으며 눈을 가늘게 떴다. 원래 가느다란 눈이어서 저러니 일직선처럼 보였다. 나와 나이가 비슷하거나 조금

연상인 것 같았다.

"어업 협동조합 근처에 더 싸게 파는 곳이 있는데 알려줄
까요?"

고개를 끄덕이며 나는 웃었다. 화장을 마치고 나올 걸 그
랬다고 잠깐 생각했다.

16. 다행이 아니에요

유 미 코

　공민관에 다니기 시작한 지도 일주일이 지났다. 내 입으로
말하기 그렇지만, 내가 분발한 덕분에 미가와리 상도 무사히
목표치를 달성했다.

　"외부 사람인데 정말 열심히 해줬어. 고마워서 어쩌나."

　완성된 미가와리 상을 하나씩 비닐에 넣어 상자에 담고 있
는데 칭찬하는 말이 들렸다. 이곳에 온 제일 첫날에 바로 옆
자리에 앉았던 마키코 씨는 일주일 사이에 밭에서 수확했다
는 채소를 두 번이나 나눠준 고마운 사람이었다.

　감기가 유행인지 오늘 공민관에는 사람이 평소의 절반 정
도밖에 모이지 않았다.

"그런데 이상해요. 부인회 사람들만 만드는 거요."

성별과 관계없이 섬에 사는 사람이 다 같이 만들면 더 빨리 끝날 것이라고 말하자 마키코 씨가 쓸쓸하게 웃으며 "남자들은 일이 있으니까……"라고 대답했다.

남편이 어부인 마키코 씨는 밭일을 혼자 도맡아 하고, 부인회의 다른 여자들도 회사에 다닌다고 들었다. 바깥일을 하지 않아도 집안일이 있다. 내가 이렇게 주장하자 마키코 씨가 곤란하다는 듯이 시선을 내리깔았다. 긴 테이블 건너편에 앉아 있던 사람들이 손을 멈추고 비난 어린 눈초리로 이쪽을 쳐다보았다.

"그래도 바느질을 해야 하는데 남자들은 서툴잖아."

그럴까? 단순한 편견이지 않을까? 바느질이 성별에 좌우될 정도의 작업은 아니라고 말하고 싶었지만, 이 자리에서 그런 말을 했다가는 마키코 씨가 더 곤란해질 것 같아서 그만두었다.

일을 다 마치고, 선물로 받은 캔 커피를 마시며 돌아갈 채비를 하는데 마키코 씨가 다시 가까이 다가왔다. 목소리를 낮추고 시간이 있는지 물었다. 괜찮다고 고개를 끄덕였다. 잠깐 할 말이 있다면서 마키코 씨는 자기가 타고 온 트럭과 공민관 외벽 사이로 나를 끌고 갔다. 그러더니 "당신, 히로키의 부인이라면서?" 하고 귓속말을 했다.

"……그런데요."

마키코 씨는 자기 남동생과 히로키가 동급생이어서 히로키를 잘 기억하고 있다고 했다.

"행방이 묘연하다고 들었는데 정말이야? 당신이나 어머니한테도 연락이 없다면서……."

"네."

마키코 씨는 뺨에 손을 대고 생각에 잠기더니 곧 결심했다는 듯이 고개를 들었다. 저기, 하고 마키코 씨가 입을 연 순간, "어머?" 하고 날카로운 목소리가 들렸다.

트럭 너머에 시즈 씨가 서 있었다. 트럭을 돌아 이쪽으로 다가왔다. 쇼타도 있었다.

"지금부터 장 보러 갈 거예요. 유미코 씨도 갈 거죠?"

"아니요, 나는 안 가도 되는데."

"왜요? 달걀이랑 빵이 다 떨어졌던데. 냉장고 봤어요."

가자면서 시즈 씨가 내 팔을 붙들었다.

"지금 마키코 씨하고 할 얘기가 있어서요."

"무슨 얘기를 할 건데요!"

갑자기 시즈 씨가 앙칼지게 목소리를 높였다. 나는 깜짝 놀라 "어? 왜 그래요?" 하고 되물었다. 한편, 마키코 씨는 "아니야, 별거 아니었어. 미가와리 상 행사에 꼭 와달라는 얘기를 하려고 했지. 그러니까 장 보러 가도 돼, 되고말고. 자, 얼른 가"하고 굳은 얼굴로 나를 밀어냈다. 결국 나는 그대로 시즈 씨에게 끌려가고 말았다.

슈퍼마켓에 도착하자 시즈 씨는 토마토를 고르며 무뚝뚝하게 마키코 씨와 친한지 물었다.

"아니요, 별로. 친할 것도 없어요."

나는 신중하게 대답을 골랐다. 시즈 씨는 영 대하기가 어려웠다. 갑자기 토라지거나 벌컥 화를 내서 어떻게 해야 할지 모르겠다.

"미리 말해두겠는데요. 그 사람, 조금 문제가 있어요. 한때 그, 뭐더라. 심장이 안 좋아서 병원에 다녔고 약도 잔뜩 먹은 시기가 있어요."

시즈 씨는 마치 비난할 일이라는 듯이 속삭였다.

"심장에 병이 있어서 병원에 다니고 약을 먹었다면 정말 잘하신 건데 뭐가 문제죠? 병에 걸렸는데 그냥 두면 더 이상하잖아요?"

"그런 사람이라는 거예요. 잘 생각해보면 보통 알 거 아니에요."

시즈 씨가 혀를 찼다. 이 사람이 종종 말하는 '보통'은 대체 뭘까?

"보통이 아닌 사람하고 같이 있으면 유미코 씨도 보통이 아닌 사람으로 보일 거예요."

시즈 씨와 말을 나누는 것 자체가 귀찮아서 한숨이 나올 것 같았다. 주변을 둘러보며 감정을 가라앉혔다. 이렇게 보니 슈퍼마켓이 꽤 컸다. 자칫하면 미아가 될 것 같았다. 점포 하나에 약국과 세탁소까지 있었다. 이 섬에 사는 모든 사람이 이곳에서 장을, 그것도 며칠 분의 장을 보는 모양이었다. 모두 카트 위아래에 바구니를 세트처럼 달고 있었다.

"나는 남들이 보통이 아니라고 쳐다봐도 상관없는데요."

시즈 씨는 내 말을 대놓고 무시했다.

과자 판매대 앞을 지날 때, 쇼타가 "앗" 하고 외치더니 장난감을 같이 주는 과자를 빤히 바라보았다. 딱 하나만 고르라는 시즈 씨의 말에 더없이 진지한 표정으로 과자 고르기에 돌입했다.

과자에 장난감이 달렸다기보다는 장난감에 음료나 껌이 붙어 있는 상품을 손에 쥐었다가 다시 내려놓기를 반복했다. 쪼그리고 앉았다가 일어났다가 아주 바빴다. 할 일이 없어진 내가 엉망진창으로 뒤섞인 초콜릿 판매대를 정돈한 뒤에도 쇼타는 여전히 과자를 고르지 못했다. 늘 있는 일인 듯 시즈

씨는 카트에 팔을 올리고 전화를 만지고 있다가 갑자기 쩔쩔
매기 시작했다.

"저기, 잠깐 화장실에 다녀와도 될까요?"

갑자기 요의를 느꼈는지 시즈 씨는 카트를 내게로 밀어붙
였다.

알겠다고 대답하고 한동안 쇼타를 지켜보고 있었다. 다섯
살인데도 솜털이 난 뺨이 둥글둥글해서 아기 같았다. 그때
쇼타가 번쩍 고개를 들더니 나를 빤히 쳐다보았다. 시즈 씨
모자와 만난 지도 시간이 꽤 흘렀지만 나는 쇼타와 직접 대
화를 나눈 적이 없었다. 무슨 말을 어떻게 걸어야 할지 모르
겠고, 쇼타 역시 내게 말을 걸려고 하지 않았다. 카에데 씨는
잘 따랐지만.

내게서 아이와 함께 있는 것에 익숙하지 않다는 분위기가
풍겨서 경계하는 모양이다. 쇼타가 "엄마는?" 하고 물었다.

"엄마는 화장실에 가셨어."

여기에서 기다리면 오신다고 말했지만 쇼타는 자기가 찾
으러 가겠다며 달려갔다.

"기다리면 돌아오실 거라니까!"

쇼타의 이름을 부르며 허둥지둥 쫓아갔지만 다섯 살 아이
는 생각보다 빨랐다. 통로를 분주히 뛰어 필사적으로 쫓아가

다가 사람들과 부딪칠 뻔했다. 쇼타를 불렀다. 코너를 도는 지점에서 아이를 놓쳤다. 어쩌지. 그 자리에 우뚝 멈췄다. 놓치고 말았다. 설마 밖에 나가진 않았겠지? 온몸에서 피가 빠져나가는 기분이었다. 출구로 달려갔다. 다리가 떨려서 원하는 만큼 속도가 나지 않았다.

"쇼타!"

주차장의 차 사이사이를 돌아다니며 이름을 부르고 또 불렀다. 정신없이 차 앞에 뛰어드는 바람에 경적이 시끄럽게 울렸다. 쇼타. 이름을 부르는데 눈물이 났다. 어쩌지. 시야에 자그마한 무언가가 움직인 기분이 들어 황급히 그쪽을 돌아보았다. 아니다. 그 애가 아니었다.

보이지 않는다. 가게 안으로 다시 뛰어갔다. 숨이 찼다. 밖으로 나가지 않았을 수도 있다. 어쩌지. 쇼타가 없어. 시즈 씨에게 알려야 해. 채소 판매대를 지나는데 "유미코 씨!" 하고 부르는 소리가 들렸다.

시즈 씨, 그리고 시즈 씨의 다리를 붙잡고 선 쇼타를 본 순간 온몸에서 힘이 빠졌다. 그 자리에 주저앉았다. 슈퍼마켓 점원이 혼자 밖으로 나가려는 쇼타를 붙잡아 원래 있던 과자 판매대로 데리고 왔고 때마침 시즈 씨도 돌아왔다고 했다.

"다행이다……."

"다행이 아니에요. 왜 눈을 뗐어요?"

"미안해요."

헉헉 숨을 몰아쉬며 다시금 사과했다.

"내가 화장실에 데려갔어야 했어."

시즈 씨가 고개를 홱 돌렸다.

"당신한테 부탁한 내가 잘못이지. 애가 없는 사람은 정말 이래서 안 되겠네요. 아주 좋은 공부가 됐어요."

"미안해요."

다시 한 번 말했지만 시즈 씨는 이쪽을 보려 하지 않았다.

돌아오는 차 안에서 시즈 씨는 계속 입을 꾹 다물고 있었다. 쇼타가 여러 번 "엄마" 하고 말을 걸었지만 아들에게도 대답해주지 않았다.

"갈게요."

그 말만 하고 자기들이 사는 큰 집으로 갔다. 나도 작은 집으로 들어갔지만 채소나 고기를 봉지에서 꺼낼 기력도 없어서 그냥 멍하니 있었다.

테이블 위에 놓은 스마트폰이 진동했다. 퍼뜩 정신을 차리고 보니 화면에 미츠에 씨의 이름이 떠 있었다.

"미츠에 씨."

"무슨 일 있어? 힘이 없네."

미츠에 씨가 전화 너머로 물었다. 헛기침을 하고 아무 일
도 없다고 대답했다.

전화 내용은 이랬다. 이 섬 남단에 해수욕 손님을 대상으
로 호텔 비슷한 장사를 하는 집이 있다. 히로키의 중학교 동
창생의 집이다. (시즈 씨 말에 따르면 망령이 났다는) 미츠에 씨
의 친구가 이번에는 그쪽에서 히로키를 봤다. 지금 해수욕
시즌이 아니라 호텔 문은 닫았지만 한번 가보면 좋겠다.

"아, 그래요?"

잠깐 기다려달라고 하고 호텔 이름을 적을 적당한 종이를
찾았다. 찬장 유리문 너머로 메모장 비슷한 것이 보여서 열
었다.

"잠깐만요……."

메모장 표지를 넘긴 내 손가락이 그대로 멈췄다. 첫 번째
페이지에 길쭉길쭉 토끼가 그려져 있었다.

17. 지나간 일은 잊어버리고 싶어

유 미 코

스펀지로 묘비를 닦았다. 엷게 뒤덮인 녹색 이끼가 영 떨어지지 않았다. 집 뒷산을 조금 올라간 곳에 묘가 있었다. 낙엽이 잔뜩 쌓였고 물병에는 새까만 물이 고여 있었다. 거미줄을 걷어내고 한때 꽃이었을 길쭉한 무언가를 버리고 묘비를 수건으로 닦는 작업을 하는 동안, 카에데 씨는 우울한 표정으로 묘를 둘러싼 울타리에 걸터앉아 있었다.

조금만 도와달라고 부탁하며 쓰레기봉투를 건넸다. 쓰레받기에 모은 낙엽을 넣어달라고 부탁하자 느릿느릿 봉투를 펼쳤다.

시즈 씨는 쇼타를 잃어버릴 뻔한 일로 화가 잔뜩 났는지 어제도 오늘도 집에 찾아오지 않았다. 히로키에 관해 물어보려고 찾아갔지만 집에 없었다. 그러고 보니 나는 시즈 씨의 전화번호도 몰랐다.

낙서가 있었다는 것은 바로 얼마 전까지 그 집에 히로키가 머물렀다는 소리인데 시즈 씨는 왜 내게 그 사실을 숨겼을까? 히로키가 말하지 말라고 부탁했을까?

마키코 씨는 그때 내게 무슨 말을 하려고 했을까.

"하아, 드디어 둘만 있게 됐네."

카에데 씨는 입으로는 그렇게 말하지만 딴생각에 빠진 것처럼 보였다. 최근 들어 계속 저랬다.

물일을 해서 차가워진 손을 비비고 입김을 불었다. 바람이 불어 나무들이 술렁거렸다. 겨울 산은 쓸쓸하다. 낙엽을 밟는 소리도, 말라버린 나무의 모습도 전부 쓸쓸하다.

카에데 씨의 전화가 울렸다. 쓰레기봉투를 발 근처에 내려놓고 전화를 귀에 댔다.

"여보세요?"

발랄한 목소리였다.

"낮에? 응…… 괜찮아."

굴? 응, 좋아해. 진짜 좋아해. 재잘거리는 카에데 씨의 옆모습을 보는데 불길한 예감이 스멀스멀 차올랐다. 누구와 통화

하는 걸까?

"지금 누구였어?"

전화를 끊은 카에데 씨에게 물었다. 카에데 씨는 시선을 슬쩍 피하고 대답했다.

"……조금 친해진 사람."

"친해진 사람? 어디에서?"

"요전에 시장에서 만났어. 어부래."

어부라니, 역시 남자인가 보다.

"……괜찮겠어?"

발부리로 땅을 살짝 걷어찼다. 지직지직, 마른 소리가 났다.

"센서가 망가졌다고 한 게 얼마 전이잖아."

"그런 게 아니라…… 그냥 밥만 먹고 오는 거야. 아, 그럼 같이 갈래?"

카에데 씨가 가슴 높이에서 손뼉을 치며 발랄하게 물었다.

"지금 그런 말을 하는 게 아니잖아!"

언성을 높이고 말았다. 산이어서 생각보다 목소리가 잘 울렸다. 카에데 씨가 어깨를 움츠렸다.

"왜 화를 내고 그래?"

"화를 내는 게 아니야. 걱정하는 거지."

바로 얼마 전에 그런 일이 있지 않았냐고 말하자 카에데 씨의 표정이 순식간에 어두워졌다.

"……간신히 잊었는데 생각나게 하지 마."

"잊지 마. 잊으면 안 되지."

"나는 잊고 싶어!"

이번에는 카에데 씨가 버럭 소리쳤다.

"지나간 일은 다 잊어버리고 싶어. 전부 끌어안고 살면 무거워서 찌부러진다고. 그러니까 잊을 거야."

"무슨 소리야, 그게? 됐어, 하고 싶은 대로 해."

나도 발끈해서 버럭 외치자 카에데 씨는 그러겠다면서 먼저 가버렸다. 그 뒷모습을 바라보며 좀 더 듣기 좋게 말할 수는 없었을지 후회했지만 구체적인 대안은 떠오르지 않았다.

향을 올리고 합장한 뒤 눈을 감았다. 당신한테 부탁한 내가 잘못이지. 또 시즈 씨의 목소리가 귓가에 울렸다. 이 묘에 묻힌 사람들도 이렇게 속이 뒤죽박죽 복잡한 사람이 '편히 잠드소서'라고 기도하면 곤란하지 않을까?

갑자기 머릿속에서 목소리가 들렸다. *걸어, 걸어.* 청소 도구를 정리하고 산에서 내려왔다. 집으로 가지 않고 둑을 따라 걷기 시작했다. 겨울 바다는 잿빛이다. 하늘도 잿빛이다. 똑같은 색이 끝도 없이 펼쳐진 세계를 나는 오로지 걸었다.

걷고 또 걸어 20분쯤 지났을까, 외로이 설치된 자동판매기

190

를 발견해서 따뜻한 차를 뽑았다. 오늘은 길에 자동차가 다니지 않았다. 세상의 끝에 있는 것 같았다. 차를 바로 마시지 않고 주머니에 넣어 손을 데우며 다시 걸었다. 이런 세상의 끝에도 자동판매기의 상품을 채우러 오는 사람이 있다니 왠지 기적 같았다.

잊으면 안 되지. 조금 전에 카에데 씨에게 한 말을 떠올렸다. 내게도 잊으면 안 되는 것이 있다. 잊지 않으려고 노력하지만, 한편으로 실수로라도 건드리지 않으려고 마음 한구석에 밀어두었다.

서른여덟 살이 끝날 무렵, 처음으로 임신했다.

제대로 검사를 해보지도 않았으면서 결혼 초부터 아기를 갖기 힘든 체질이라고 믿었고, 히로키가 자연에 맡기자고 해서 그러기로 했다. 이제는 무리라고 생각했을 때, 갑자기 임신 사실을 알았다. 결혼하고 벌써 몇 년이 지났는데 이렇게 생기니 얼떨떨하다고 더듬더듬 감상을 말한 내게 산부인과 의사는 고령 출산이니 반드시 조심해야 한다고 경고했다.

임신했다고 알리자 히로키는 아주 기뻐했다. 최소한, 기뻐하는 것처럼 보였다. 지금은 그게 본심이었는지 아니었는지 알 방도가 없다. 임신 팔 주차에 진찰을 받으러 산부인과에 갔는데, 의사가 태아의 심장박동을 확인할 수 없다고 했다. 한 주 더 기다려보자고 해서 다음 주에 다시 진찰을 받으러 갔는데 마찬가지였다. 계류 유산이었다. 처음 듣는 단어였다.

의사는 지나친 동정심을 보이지 않고 무덤덤하게, 태아의 염색체에 이상이 생긴 것이 원인이지 엄마 책임은 아니니 너무 낙담하지 말라고 설명했다. 그 '엄마'가 나를 가리킨다는 것을 한 박자 늦게 이해할 정도로 임신을 했었다는 실감이 없었다.

멍하니 "그런가요" 하고 대답했다. 산부인과에서 나와 전철을 타고 집에 돌아오는 동안에도, 집에 도착해서도 머릿속이 그저 멍했다. 저녁에 퇴근한 히로키에게 유산했다고 알렸을 때도 그랬다. 히로키는 안정해야 한다면서 나를 침대에 눕혔다.

밤에 잠에서 깨 화장실에 갔더니 팬티에 까만 피가 끈적끈적하게 묻어 있어서 그제야 아기가 사라졌다는 사실을 실감했다. 사라진 것이다. 나와 히로키의 아기가.

침실로 돌아와 자고 있는 히로키의 머리맡에 앉았다. 잠결에 뒤척이며 "왜 그래?" 하고 물은 히로키에게 "내 아기"라고 대답 아닌 대답을 한 내 목소리는 잔뜩 쉬어 있었다.

히로키가 무슨 말인가 하려는 찰나, 전화가 울렸다. 받기도 전에 딸인 줄 알아차렸다. 나도 히로키도. 그러면 그렇지, 전화를 끊자마자 히로키는 "나 잠깐 나갔다 올게. 미안해" 하고 시선을 피했다. 가지 말라는 말은 도저히 할 수 없었다. 옆에 억지로 붙잡아둔다고 해서 그 순간에 히로키가 나보다 딸을 우선했다는 사실은 변하지 않는다.

혼자 남았지만 울지 않았다. 울지 않은 대신 그다음 주에 집을 나왔다.

어려서부터 운 기억이 거의 없다. 엄마가 돌아가셨을 때도, 유산 사실을 알았을 때도, 새까만 피를 봤을 때도. 언제나, 히로키 앞에서도 나 혼자 있을 때도 늘 그랬다. 지금 이 순간에도 나는 눈물을 흘리지 않는다. 울지 않아야 강한 것이라고 믿었다. 감정을 무턱대고 드러내지 않는 것이 어른의 도리라고 믿었다. 하지만 전혀 도움이 되지 않았다. 나의 이런 오기는 그 누구도 행복하게 해주지 못했다. 나 자신조차도.

집을 나온 직후, 히로키는 내게 돌아와달라고 부탁했다. 나는 거절했다. 이제 당신의 부정적인 감정을 받아주는 쓰레기통이 되긴 싫다고 말했다. 쓰레기통이라니, 히로키는 할 말을 잃은 표정이었다. 내가 쓰레기통의 역할을 내버렸기 때문에 히로키가 '너무 많이 젊어진 것'일까?

계속 걸었다. 둑 아래에 바위 밭으로 내려갈 수 있는 콘크

리트 계단이 있었다. 조심스럽게 내려갔다. 전에 미츠에 씨가 질릴 정도로 많다고 했던 작은 게나 갯강구는 겨울잠을 자는 지 한 마리도 보이지 않았다.

평평한 바위를 골라 한쪽 다리를 올렸다. 흔들리지 않아서 나머지 다리도 올렸다. 바위에서 바위로 움직이며 조금 미지 근해진 차를 마셨다. 비가 올 것 같아 하늘을 쳐다봤을 때, 뺨에 차가운 물방울이 떨어졌다.

그만 돌아가려고 방향을 바꾼 순간, 균형을 잃었다. 화려하게 굴렀다. 오른쪽 몸을 바위에 세게 박았다. 반사적으로 몸을 감싸려다가 오히려 이상한 자세로 나동그라졌다.

발목이 심하게 비틀린 것 같았다. 벌러덩 누워 조심조심 눈을 떴다. 하늘에서 굵직한 물방울이 후두둑 떨어졌다.

발목이 너무 아파 보기도 겁났다. 꺾이면 안 되는 방향으로 꺾여 있으면 어쩌지, 겁을 집어먹고 조심스럽게 시선을 내렸다. 겉으로 보기에 이상은 없어 보였다. 얼른 도로로 돌아가야 한다고 생각했지만 몸이 꼼짝도 하지 않았다. 어쩌지, 나, 어쩌면 좋지. 걱정하는 한편, 한 걸음도 꼼짝하기 싫은 내가 있었다.

히로키. 목 안쪽에서 흘러나온 말에 나는 자조적으로 웃었다. 이 상황에서 나오는 말이 히로키의 이름이라니. 스스로도 놀라 웃음이 나왔다. 한때 내가 거부했고 지금은 어디에 있는지도 모르는 남편의 이름을 차가운 바위에 누워 다시금 불러보았다.

18. 겨울 바다는 잿빛

카 에 데

"비가 내리네."

차 와이퍼를 작동시키며 남자가 말했다. 남자의 이름은 나카자와였다. 이번에는 이름을 똑똑히 기억했다.

아는 사람에게 굴을 받았으니 대접해주겠다고 해서 간 나카자와의 집에는 늙은 모친이 있었다. 나를 데리고 온다고 이미 말했는지 마당에 있는 바비큐 화덕으로 굴을 구우며 기다리고 있었다. 나를 보자 "이런 미인을 데리고 오다니" 하고 웃었다.

나카자와는 아내와 사별했다. 환기를 위해 마루 미닫이를 열어두었고 안방 장지*까지 열려 있어서 다다미방의 불단이 보였다. 그 옆에 놓인 영정 사진까지도. 얼굴 생김새까지는 보이지 않았지만 미인 같았다.

시장에서 내게 저렴한 생선을 파는 곳을 알려준다고 한 것이 당연히 구실인 줄 알았는데, 나카자와는 정말로 어업 협동조합 근처의 가게로 나를 안내해주었다. 아무것도 사진 않았지만 같이 차를 마셨다. 근처에 카페가 없어서 중학생처럼 연락선 선착장의 벤치에 앉아 자동판매기에서 뽑은 차를 마셨다. 나카자와는 말수가 적은 편이었다. 그런데 대화를 나누지 않아도 전혀 어색하지 않았다.

고기를 잡으러 나간 사이에 아내가 교통사고를 당했다고 했다. 벌써 십 년도 더 지난 옛날 일이다. 이런 정보는 나카자와가 아니라 그의 어머니가 굴을 먹는 틈틈이 알려주었다.

나카자와의 어머니가 굴을 망 위에 척척 올렸다.

"그렇게 많이는 못 먹어요."

내가 손사래를 쳐도 전혀 개의치 않았다.

"젊은 사람이 많이 먹어야지."

굴이 슈욱슈욱 소리를 내며 구워졌다. 물이 배어 나왔다.

---

* 방과 다른 방, 마루, 부엌 등의 공간을 나누는 문.

굴 껍데기가 입을 벌리기를 지켜보며 얌전히 기다렸다. 바람이 세게 불었다. 집게로 숯을 정리하던 나카자와는 몸을 부르르 떠는 나를 보고 추운지 물었다.

"아니야, 괜찮아."

"아니긴. 걸칠 만한 걸 가지고 올게."

나카자와가 일어났다. 그가 집으로 들어가는 모습을 지켜보았다.

"……계속 여기에 사신 거죠?"

내 물음에 나카자와의 어머니는 고개를 들고 아들과 똑 닮은 가느다란 눈을 깜박였다.

"그럼. 태어나서부터 줄곧."

이 섬에서 태어나고 자라 이 집에 시집을 왔다. 남편이 바다에서 죽은 뒤에는 혼자 아이를 키웠고, 며느리는 외부에서 온 사람이었다. 이런 이야기를 하며 굴을 뒤집었다.

태어난 곳에서 한 번도 나가지 않고 살아온 나카자와의 모친 얼굴에는 주름이 몇 겹이나 새겨져 있었다. 피부는 어디할 것 없이 까맣게 탔다. 손도 버석버석 거칠었다. 나는 매니큐어를 칠한 하얀 손을 주머니에 넣었다. 왠지 켕기는 기분이었다.

"다른 곳에 가고 싶다고 생각하신 적은 없어요?"

"그러게."

나카자와의 어머니가 웃었다.

"다른 곳은 모르니까. 도시에 가면 재미있고 예쁜 게 잔뜩 있겠지만 나는 여기에서."

여기에서, 그다음은 뭘까? 여기에서 살겠다고 정했으니까? 여기에서 사는 것이 좋았으니까? 어쨌든 나는 이해하지 못할 감각이었다. 나는 역시 이런 곳에서는 살지 못한다. 자동차가 없으면 옴짝달싹 못 하는 조용하고 아름다운 섬에서는.

갑자기 집에 돌아가고 싶다는 생각에 사로잡혔다. 그 복작복작하며 지저분하고 시끄러운 동네로. 태어나고 자란 고향은 아니다. '살고 싶은 마을 랭킹'에서 분명 최하위에 오를 그런 동네다. 나와 유미코가 만난 동네는.

결혼하려고 했던 남자와 헤어지고 그곳을 떠나도 됐지만 나는 남기로 했다. 복작복작하고 지저분하고 시끄럽지만, 아마 그래서 좋았을 것이다. 깔끔하고 차분한 곳에 혼자 있는 것보다도 혼자라는 사실을 더욱 실감하게 해주는 곳이어서 그 동네가 좋았다.

나는 외톨이다. 누군가와 함께 있어도 그랬다. 오히려 누군가와 함께 있을 때 더욱 강렬한 고독감을 느꼈다.

따뜻한 것이 등에 닿았다. 나카자와가 자기 옷을 어깨에 걸쳐주었다. 고맙다고 말하고 소매에 팔을 집어넣었다. 먼지 냄새가 은은하게 났다.

"굴, 가지고 가서 친구랑 같이 잡숴."

나카자와의 어머니가 스티로폼 상자에 굴을 넣어주었다. 나는 여기에 올 때와 마찬가지로 나카자와가 운전하는 밴의 조수석에 앉아 그 집을 뒤로했다.

핸들을 잡은 나카자와는 잠깐 드라이브라도 하자더니 뒤를 돌아보고 "그래도 이 차는 좀 그렇지" 하고 웃었다. 뒷좌석 시트는 쓰러진 상태이고 어디에 쓰는지 모를 컨테이너와 로프, 목장갑 따위가 아무렇게나 굴러다니고 있었다.

"에이, 괜찮아. 어떤 차든. 드라이브 가자."

차를 타고 섬을 빙빙 돌며 창을 때리는 빗소리와 때때로 두런두런 말하는 나카자와의 목소리를 듣다 보니 잠이 몰려왔다. 어선 몇 척이 정박해 있는 작은 항구 앞에서 나카자와가 차를 세웠다. 어선을 보다가 깨달았다. 이곳의 배에는 전부 여자의 이름이 붙어 있었다. 예를 들어 '지요코마루'나 '아카네마루' 같은 이름이었다. 나카자와도 이유는 모르지만 예전부터 그랬다고 했다.

"보통 아내나 딸의 이름을 붙여."

"당신 배도 있어?"

"저거."

나카자와가 제일 오른쪽 배를 가리켰다. 눈을 가늘게 뜨고 배에 적힌 이름을 읽었다. 세상을 떠난 아내의 이름인지 묻는 것은 과한 호기심일 것 같았다.

"비가 꽤 오네."

날이 맑았더라면 물고기가 배 주변을 헤엄치는 모습을 보여줄 수 있었을 거라며 나카자와가 자꾸만 아쉬워했다.

"비도 괜찮은데."

빗소리가 자장가 같다고 말하자, 나카자와가 웃으며 잠이 올 것 같으니까 그런 소리는 하지 말라고 했다. 우리는 한동안 말없이 빗방울이 앞 유리를 타고 흘러내리는 모습을 바라보았다. 자동차 지붕을 두드리는 빗방울 소리를 들으며 그저 가만히 앉아 있었다. 나카자와는 골똘히 생각에 잠긴 표정을 짓고 있었는데 그 모습이 전혀 지루하지 않았다. 끌어안지도 않고 앞으로 그럴 예정도 없이 그저 함께 무언가를 보고 듣는 시간을 남자와 보내는 것은 오랜만이었다.

아니다. 처음이다. 흐릿하게 번진 하늘과 바다 사이에 뜬 배는 전혀 아름답게 보이지 않았지만, 앞으로 살면서 평생 잊지 못할 풍경이리라 확신했다.

시트에 머리를 기댄 나를 보고 나카자와가 잠이 오는지 물었다.

"응."

대답하고서 그래도 잠들기에는 아깝다고 말했다. 나카자와가 무슨 말인가 하려다가 그만두었다.

"왜?"

"아니…… 됐어. 그보다 당신 친구."

유미코 얘기인가 보다.

"굴 전용 칼이 있을까?"

나는 고개를 갸웃거렸다. 집에 있는지 없는지 모르겠다.

"전화해서 물어볼까?"

나는 스마트폰을 귀에 댔다. 신호가 몇 차례 울리고 연결이 됐는데 유미코의 목소리가 들리지 않았다.

"여보세요? 유미코?"

뭔가 버석거리는 소리가 났다. 이어서 유미코의 목소리가 들렸는데 멀리 떨어진 곳에서 들리는 것 같아 무슨 말을 하는지 알아들을 수가 없었다.

"유미코? 괜찮니?"

반사적으로 몸이 긴장되었다. 몸을 반쯤 앞으로 숙이고 귀를 기울여 간신히 말을 알아들었다.

카에데 씨.

도와줘.

"유미코! 무슨 일이야!"

비명을 지른 직후에 전화가 끊겼다. 뚜뚜, 하는 무심한 소리가 고막을 찔렀다.

19. 도움을 바란다면 소리쳐야 한다

유 미 코

시즈 씨가 둑에서 미끄러져 다친 내 발목을 길쭉한 재봉용 대나무 자로 세게 찔렀다. 찌릿한 아픔이 뼈를 타고 전해져 얼굴이 찡그려졌다. 테이블 다리에 손목을 묶인 상태여서 자유롭게 움직일 수 없었다.

시즈 씨는 긴 테이블에 앉아 다리를 꼰 채 냉랭한 눈빛으로 나를 내려다보고 있었다. 공민관 커튼은 닫힌 상태였다. 벽에는 축제 장소인 모래사장으로 가져가기만 하면 되는 미가와리 상이 담긴 상자가 쌓여 있었다.

조금 전, 둑에서 도로로 간신히 기어올라와 다리를 질질 끌며 걷는 나를 자동차 한 대가 추월해 저 앞에 멈춰 섰다. 시

204

즈 씨였다. 시즈 씨는 차에서 내리더니 내 앞에 서서 "유미코
씨" 하고 노래하듯이 나를 부르고 우산을 빙글빙글 돌리며
웃었다.

"다쳤어요? 내가 바래다줄게요."

그래서 차에 탔다. 쇼타는 아는 사람에게 맡겼다고 했다.
왜 맡겼는지 그때 자세하게 물어봤어야 했다.

차가 집이 아니라 공민관 앞에 섰을 때도 "왜 여기로 온 거
예요?"라고 확인했어야 했다. 아니, 일단 확인하긴 했는데 시
즈 씨가 "여기 구급상자가 있거든요. 습포제랑 붕대가 필요
하잖아요?"라고 해서 맞는 말이라고 생각하고 따라왔다. 공
민관 문을 닫고 안에서 잠그자마자 시즈 씨가 이쪽으로 달려
들어 넘어졌고, 뒤통수를 호되게 박아 정신이 흐릿해졌다. 그
대로 질질 끌려가 긴 테이블 다리에 손목이 묶였다. 시즈 씨
가 위에 앉아 있어서 테이블은 꼼짝도 하지 않았다.

"지금 뭐 하자는 거예요?"

시즈 씨는 대나무 자를 빙글빙글 돌리며 그냥 얘기를 좀
하고 싶을 뿐이라고 대꾸했다.

"유미코 씨를 죽이거나 할 생각은 없어요. 뭐, 마음만 먹으
면 할 수 있지만요. 공민관에 불을 내면 되니까. 목조니까 얼
마나 잘 탈까요? 그러면 유미코 씨는 진짜로 제물이 되는 거

네요. 아하하."

"뭐라고요?"

"그런데 아쉽다. 비가 내리네."

툭하면 '보통' 운운하던 이 사람야말로 알고 보니 보통이 아닌 사고방식의 소유자였다.

"내가 시즈 씨한테 잘못이라도 했나요? 왜 이런 짓을……."

"잘못이라도 했냐고요? 하, 뭐라고요?"

대나무 자가 내 정수리를 후려쳤다.

"가장 큰 죄는 히로키 오빠와 결혼한 것. 두 번째 죄는 히로키 오빠를 불행하게 한 것. 세 번째 죄는 히로키 오빠를 쫓아 이 섬에 온 것."

지금 이 순간을 위해 연습이라도 했는지 시즈 씨는 내 죄를 막힘없이 늘어놓았다.

"히로키는 그 집에 있었던 거죠? 낙서가 있었어요."

"맞아요."

시즈 씨는 고개를 끄덕였다.

"미츠에 아줌마가 히로키 오빠를 봤다는 사람이 있다고 연락하기 전부터 쭉 있었어요. 하지만 오빠가 아줌마한테 말하지 말라고 부탁해서 비밀로 했죠. 그런데 이번에는 당신이, 오빠의 부인이 섬으로 온다지 뭐야. 그래서 급하게 피난시켰어요."

"섬의 남쪽 호텔로요."

"어머, 그것까지 알아냈어요? 역시 섬이 너무 좁아. 숨길 수가 없네요."

시즈 씨는 콧잔등에 주름을 잔뜩 잡았다.

"히로키 오빠는 섬에 왔을 때 마음에 상처를 입고 지칠 대로 지쳐서 엉망진창이었어요. 그런 사람을 내버릴 순 없잖아요?"

이런 소리도 했다.

"히로키 오빠는 나보고 상냥하다고 했어요. 요즘 세상에 보기 드물게 헌신적인 여자라고 얼마나 말해줬는지 몰라요."

"하아……."

어정쩡하게 대답하자 대나무 자가 다시 머리를 후려쳤다. 참으려고 해도 신음이 저절로 나왔다.

"나는요, 예전부터 당신 같은 여자가 정말 싫었어요. 남자를 헌신적으로 뒷바라지해줄 능력도 없는 주제에 남자한테는 포용력을 바라는 그런 여자 말이에요."

시즈 씨는 일방적으로 나를 매도했다.

"남자는 약하다고요. 마음을 다치기 쉬운 인간이야. 나는 남자애를 키우니까 잘 안다고요. 당신 같은 여자랑 결혼하는 남자는 당연히 불행하지. 그런데 어째서?"

시즈 씨의 입술이 바르르 떨렸다. 어째서 당신이 히로키 오빠의 선택을 받은 거예요? 나는 "왜, 어째서"라고 이어지는 말을 듣고 알았다. 아마도 히로키는 이 여자와 관계를 가졌을 것이다.

그 집에 머물면서 둘은 그런 관계가 됐을까? 시즈는 굉장히 상냥하구나, 마음이 편해져. 나, 너무 많이 짊어져서 지쳤어. 이런 소리를 늘어놓으며 자기를 받아달라고 기댔을까.

시즈 씨는 '피난시켰다'고 했지만 거짓말이 분명하다. 히로키라면 스스로 판단해서 호텔을 운영하는 동창생에게 도와달라고 연락했을 것이다. 히로키는 또 도망쳤다. 시즈 씨 그리고 쇼타와 함께 인생을 살아갈지도 모르는 가능성에서.

시즈 씨는 히로키가 도망친 것과 그가 내 곁으로 돌아오는 것을 한 세트로 간주하고 있었다.

"유미코 씨, 그만 섬에서 나가지 않을래요?"

시즈 씨의 말투가 갑자기 달래는 듯이 부드러워졌다.

"당신이 있으면 민폐라고요."

나만 없으면 히로키가 자기 것이 되리라 믿나 보다.

"그건 아니에요."

나는 시즈 씨를 올려다보며 말했다. 다행히 목소리가 떨리지 않아 용기를 얻었다.

"히로키는 그 누구의 것도 되지 않아요. 그 사람이 가장 사랑하는 건 자기 자신이니까요."

내 말에 시즈 씨가 뭐라고 매섭게 외쳤다. 잘은 모르겠지만 헛소리하지 말라는 의미의 사투리인 것 같다. 나는 온 힘을 다해 테이블 다리에 등을 부딪쳤다. 테이블이 흔들려 균형을 잃은 시즈 씨가 바닥에 내려섰다. 약간 비틀거렸다.

묶인 손으로 죽을힘을 다해 긴 테이블의 다리를 붙잡았다. 발목 통증을 꾹 참고 몸을 일으켜 테이블을 허공에 띄웠다. 테이블이 뒤로 쓰러졌다. 생각보다 로프가 헐겁게 묶였는지, 테이블 다리에서 쉽사리 풀렸다. 양 손목은 아직 묶인 상태지만 움직일 수는 있다.

시즈 씨가 날카롭게 소리를 내지르며 내게 돌진했다. 바닥을 굴러 도망치는데 주머니에서 스마트폰이 떨어졌다.

바닥에서 스마트폰이 진동했다. 내가 그쪽으로 가기 전에 시즈 씨가 전화를 주웠다.

카에데 씨가 아닐까? 제발 카에데 씨가 건 전화이기를. 시즈 씨가 화면을 터치했다. 아마 전화를 끊으려는 의도일 것이다. 벌레처럼 기어 정강이를 깨물었다. 시즈 씨가 비명을 지르며 다른 쪽 다리로 내 어깨 부근을 걷어찼다. 시즈 씨의 손에서 전화가 떨어져 내 등에 맞고 바닥으로 떨어졌다.

"카에데 씨!"

목소리를 쥐어짰다. 전화가 이미 끊겼을지도 모른다. 그래도 나는 외쳤다. 카에데 씨, 도와줘!

카에데 씨가 아니라 그 누구라도 좋다. 도와줘! 나는 외쳤다. 도움을 바란다면 소리쳐야 한다. 울지 않고 묵묵히 참고 있으면 아무도 도와주지 않는다.

공민관 문을 두드리는 소리가 났다.

"시즈?"

밖에 누가 있다.

"시즈? 당신 거기 있어?"

마키코 씨였다. 마키코 씨의 목소리가 들렸다.

"마키코 씨! 마키코 씨!"

나는 핏대를 세우며 외쳤다. 시즈 씨가 갑자기 고개를 푹 숙였다. 바닥에 무릎을 꿇고 거칠게 숨을 몰아쉬었다. 다시 뭐라고 욕설을 지껄였지만 이번에도 알아들을 수 없었다.

"공민관 앞에 시즈의 차가 있지 뭐야."

마키코 씨가 어떻게 여기에 왔는지 경위를 알려주었다. 커튼은 닫혀 있었지만 시즈 씨가 물건이라도 두고 갔나 싶어서 다가왔다. 그랬더니 안에서 비명이 들려서 처음에는 시즈 씨가 누군가에게 폭행을 당하는 줄 알고 걱정했다고 한다.

조금 전, 시즈 씨는 섬뜩할 정도로 아무렇지 않은 목소리로 "네"라고 대답하고 직접 문을 열러 갔다.

"유미코 씨가 다리를 다쳐서 구급상자를 빌리러 왔어요."

시즈 씨가 설명하자 마키코 씨는 "아아, 그랬구나" 하고 고개를 끄덕이고, 혹시 부러졌을지도 모르니까 병원에 가야 한다면서 나를 진료소로 데리고 가주었다.

시즈 씨가 진료소라면 자기가 데리고 가겠다고 나섰지만 마키코 씨는 단호하게 고개를 저었다. 그리고 "쇼타, 집에서 우리 손주랑 놀고 있는데 슬슬 데리러 가야지"라고 말해서 쇼타가 마키코 씨의 집에 있는 것을 알았다.

마키코 씨는 나를 트럭 조수석에 앉힐 때까지 손이 뒤로 묶여 있는 것에 대해 절대 언급하지 않았다.

진료소에 도착하자 할아버지 의사가 진찰해주었다. 발목은 단순 염좌라고 했다. 바닥에 부딪혀 쓸린 뒤통수에서 피가 나고 있었다.

카에데 씨에게 전화를 걸자 무사해서 다행이라며 울음을 터뜨렸다. 급하게 집에 왔지만 나도 시즈 씨도 없어서 섬을 돌아다니며 찾고 있었다고 한다.

상황을 설명하자 이번에는 벌컥 화를 냈다. 지금 어디에 있는지 묻자 그 어부와 아직 같이 있다고 해서 미안하지만 해수욕장 근처 호텔에 히로키가 있을지도 모르니 다녀와달라고 부탁했다. 진료 중에 계속 곁을 지켜준 마키코 씨에게 나카자와라는 사람을 아는지 물어보았더니 잘 아는 사이이고 좋은 사람이라고 해서 믿기로 했다.

"시즈는 허언이 조금 심해서."

진료소에서 집으로 돌아오는 길에 마키코 씨가 운전하며 말했다.

"예전부터 터무니없는 소리를 잘하고 고집도 셌어. 자기가 상상한 것을 진짜라고 믿고 떠벌린다고 해야 하나, 그런 면이 있었어. 섬을 나갔다가 쇼타를 데리고 돌아왔는데, 섬 밖에서 부잣집 도련님이랑 결혼해서 호화로운 저택에서 살았지만 가치관이 너무 달라서 헤어졌다고 하더라고. 물론 진짜인지는 아무도 모르고. 어려서부터 장래희망은 현모양처였고, 히로키 오빠랑 결혼하겠다고 입버릇처럼 말하곤 했어. 어렸을 때 얘기지만."

마키코 씨의 말에 나는 시즈 씨에게 직접 들었다고 하며 고개를 끄덕였다.

시즈 씨에게는 운명의 재회였을지도 모른다. 큰 상처를 받고 돌아온 첫사랑. 자신이 지켜줘야겠다고 생각했을 것이다.

히로키가 섬에 있는 것을 섬사람 대부분이 알고 있었다.

"당신이 부인회 모임에 처음 오기 전에 시즈가 선수를 쳤어. 히로키 오빠는 전부 버리고 도망친 거다, 지금 부인은 돼먹지 않은 사람이라 여기 있는 것을 들키면 오빠가 자살할지도 모르니까 다들 모르는 척을 해달라고 그러더라."

술집 점원에게 사진을 보여줬을 때도, 공민관에 처음 왔을 때도 다들 어딘가 쌀쌀맞고 부자연스러운 태도를 보였다. 외지인을 대하는 섬 주민의 기본적인 태도인 줄 알았는데 그게 아니었다.

"당신은 미가와리 상도 열심히 만들어주었고 나쁜 사람으로는 보이지 않았지만, 아무래도 좀……."

그렇지만 역시 나는 외지인이었다. 그다지 신뢰할 수 없는 시즈 씨보다도 나의 '신용 없음'이 한 수 위였다.

"그래도 시즈도 본성이 나쁜 애는 아니야. 결혼해서 아이를 낳아 가정을 이루고 살아가는 보통의 행복한 인생을 간절히 바랐는데, 원하는 걸 손에 넣지 못하고 계속 헛돌기만 해서 그러는 거야."

마키코 씨가 시즈 씨를 이해해달라는 듯이 말했다.

"나는 쇼타가 너무 걱정돼. 엄마가 저러니까 쇼타가 보통의 인생을 살 수 있을지 걱정이야."

보통의 행복한 인생. 그런 것은 없다. 손에 넣은 것처럼 보이는 사람도 알고 보면 아니다. 제각각 사정이 다르다. 동창생 사토미의 인스타그램을 침울하게 훔쳐보던 나를 떠올렸다. 잠투정하는 쇼타에게 노래를 불러주는 시즈 씨의 목소리를 들으며 만약 히로키의 아이를 낳았더라면 어땠을지 상상한 나를 떠올렸다.

"왕자님, 와주셨군요."

마키코 씨가 불쑥 중얼거렸다.

"네?"

"시즈의 엄마는 말이야."

마키코 씨는 힐끔 나를 보았다.

"시즈를 혼자 낳았어."

시즈 씨의 아버지는 외지인으로 그럭저럭 부자였고 기혼자였다. 몇 달에 한 번 섬에 있는 시즈 씨 모녀를 찾아왔다.

"어쩌면 아버지가 아니었을 수도 있겠지."

어쨌든 시즈 씨의 어머니가 그 남자의 애인이었다는 것만은 확실했다. 언제 올지 모르는 남자를 위해 언제나 아름답게 치장하고, 일도 하지 않고 집에 틀어박혀 있었다.

시즈 씨는 섬사람들에게 물려받은 옷을 입었다. 상표에 적

힌 다른 아이의 이름을 매직으로 찍찍 지우고 '야지마 시즈'
라고 덧쓴 스커트와 티셔츠였다. 섬사람들은 시즈 씨의 어머
니가 매달 남자에게 받는 돈을 전부 자기 옷과 화장품에 쓰
거나 남자가 왔을 때 요릿집 배달 비용이나 술값으로 쓴다고
수군댔다.

"그 남자가 섬에 오면 시즈는 언제나."

거기까지 말하고 마키코 씨는 잠깐 머뭇거렸다.

"밖으로 쫓겨났어. 혹독하게 더운 여름에도, 눈이 내리는
추운 겨울에도. 둑에 계단 있잖아, 거기 앉아서 그림책을 읽
곤 했어. 다섯 살이던가 네 살이던가, 그렇게 어렸을 때야."

섬사람들이 걱정이 되어 말을 걸면, 어린 시즈 씨는 엄마
가 해가 질 때까지 집에 오면 안 된다고 해서 나와 있다고 대
답했다고 한다.

신데렐라. 백설 공주. 예쁜 드레스. 화려한 성. 그것들을 가
리키고 혼잣말을 중얼거리며 어린 시즈 씨는 같은 그림책을
수도 없이 반복해서 읽었을 것이다.

"시즈가 조금 더 나이를 먹었을 때 또다시 밖으로 쫓겨났
는데, 혼잣말로 뭐라 중얼거리고 있더라고. 가까이 갔더니
'왕자님, 와주셨군요'라는 거야. 이렇게, 가슴 앞에 손을 모으
고 눈을 반짝이면서."

그건 대체 뭐였을까? 마키코 씨는 고개를 갸웃거렸다.

"공주님 놀이가 아니었을까요?"

대답하면서도 가슴 안쪽이 꽉 조여들 듯이 아팠다.

시즈 씨는 누군가 데리러 와주기를 기다렸을 것이다. 혼자 둑에 앉아 멋진 왕자님이 나타나 화려한 성에 데리고 가 아름다운 드레스를 입혀주기를 간절히 바라는 자그마한 여자아이가 상상되었다.

초등학생이 된 시즈 씨는 친구들에게 그다지 환영받지 못했다.

"거짓말을 일삼았으니까. 집에 피아노가 있다느니, 진품 다이아몬드 반지를 갖고 있다느니, 금방 들키고도 남을 거짓말을 했으니까 당연히 미움을 받았지. 상상과 현실을 구분하지 못했을 뿐인데. 저기, 당신."

마키코 씨가 나를 보았다.

"그 애를 용서해주지 않겠어?"

히로키는 밖에서 혼자 지내는 시즈 씨에게 자주 말을 걸었다. 주스 같은 걸 사주며 같이 놀아주었다고 한다.

섬사람들은 둑에 나란히 앉아 히로키가 책가방을 책상 삼아 시즈에게 숙제를 가르쳐주는 모습을 여러 번 목격했다.

"친척이라 그냥 두고 볼 순 없었겠지. 히로키는 착했어. 그

애는 정말 착했어. 그런데 우리 어른들은."

마키코 씨는 눈을 내리깔았다.

"시즈가 거기 있는 걸 다들 알고 있었어. 해가 저물기 전에는 집에 가지 못하는 거, 우린 다 알고 있었다고. 그런데 뻔히 보면서도 못 본 척했어. 워낙 바쁘고 자기 일만으로도 버거웠으니까. 여유가 없었어. 아니, 솔직히 말해서 관여하고 싶지 않은 마음도 있었어. 그렇게 못 본 척하는 사이에 다들 익숙해지고 말았지. 그 애가 혼자 있는 것에. 그 애가 방치되는 것에. 다 같이 방관한 거나 마찬가지야. 그렇게 어린애였는데. 언제 미끄러져서 바다에 빠질지도 모르고 차에 치일지도 모르는데 말이야. 시즈는 죽지 않고 어른이 되었어. 하지만 그건 단순한 결과일 뿐이야. 다행이라고 웃고 넘길 일이 아니야. 지금은 그렇게 생각해."

그러니 이런 말을 할 자격은 없지만 그 애를 용서해달라고 마키코 씨는 다시금 부탁했다.

용서하거나 하는, 하고 입을 열었지만 나는 말을 잇지 못했다. 용서하거나 용서하지 않거나, 그런 문제가 아니다.

그렇다면 어떤 문제일까? 보고도 못 본 척했던 과거를 후회하는 마키코 씨에게 어떤 말을 해줘야 할지 모르겠다.

할 말을 찾지 못해 나는 주제를 바꾸려고 입을 열었다. 바싹 마른 입술을 적시고 할 말을 찾아 머리를 굴렸다.

"……시즈 씨는 우리가 묵는 집에 거의 매일 같이 왔어요. 저를 감시하려고 그랬을까요?"

그러자 마키코 씨는 웃으며 고개를 적였다.

"감시할 속셈도 있었겠지만 아마 부러웠던 게 아닐까? 어려서부터 거짓말쟁이라고 욕을 먹고 동급생들과 어울리지 못했으니까 여행을 같이 다닐 친구가 없거든. 그 화려한 여자랑 당신이 친해 보이니까 사이에 끼고 싶었을 거야. 당신을 증오하면서 부러워하기도 했겠지. 좀 엉망진창이지?"

마키코 씨는 자기가 말하고 재미있는지 웃었다.

"네, 엉망진창이네요."

인간의 생각은 단순히 정리되는 것이 아니니 오히려 엉망진창이 기본 설정인지도 모른다고 냉정하게 생각했다. 엉망진창인 시즈 씨도 그럭저럭 섬사람들 사이에 녹아들어 사는 모양이니 딱히 문제될 것도 없지 않을까.

그런 일을 당했으면서도 나는 시즈 씨를 미워할 수 없었다. 절대 친해지지는 못할 상대지만.

"마키코 씨는 시즈 씨의 친구 아니에요?"

전에 시즈 씨가 마키코 씨를 안 좋게 얘기하긴 했지만 자기 아이를 맡길 정도로 신뢰하고 있고, 마키코 씨도 시즈 씨가 나쁜 사람은 아니라고 감쌌다. 또 만나면 수다를 떠는 상대인데 친구가 아니면 뭐란 말인가.

"아니지, 나이가 이렇게 차이 나는데."

"나이 차이가 나도 친구는 될 수 있어요."

그때 머릿속에서 미츠에 씨가 떠올랐다. 마키코 씨는 "그럼 나랑 당신도 친구가 될 수 있겠네"라며 웃었다.

스마트폰에 카에데 씨가 보낸 메시지가 떴다. '체포'라는 두 글자였다. 히로키를 찾았다.

20. 보통의 행복한 인생

유 미 코

"잘못했어."

히로키가 고개를 바닥에 닿도록 숙였다. 나는 대답하지 않았다.

호텔 공실에 숨어 있던 히로키는 카에데 씨와 나카자와 씨가 쳐들어갔을 때, 팔자 좋게도 만화를 읽고 있었다고 한다. 집에 끌려온 히로키는 장난을 치다가 교무실에 불려온 초등학생 같았다. 나와 시선을 맞추려고 하지 않았다.

"우리는 밖에 나가 있자."

카에데 씨가 나카자와 씨를 데리고 밖으로 나갔다. 나는 히로키와 마주 앉았다. 약 일 년 만에 만나는 히로키는 살이 조금 빠졌고 흰머리가 늘었다. 섬에는 몇 달 전에 왔다고 하기에 그 전에는 어디에 있었는지 물었다. 히로키는 성실하게 대답할 마음도 없는지 "그냥 여기저기"라고 대충 대답했다.

"잘못했어."

히로키가 다시 사과했다.

"히로키, 그건 뭐에 대한 사과야?"

히로키는 한동안 말없이 자기 턱을 쓸다가 말했다.

"계속 유미코한테 기대고 어리광을 부린 거."

그동안 생각을 정리했다기보다는 이 상황을 모면할 정답을 찾으려는 것으로 보였다.

불현듯 처음 만났을 무렵의 히로키가 떠올랐다. 고작 일곱 살 차이였는데 히로키가 어른처럼 보였다. 어엿한 어른인 히로키가 내 앞에서 이따금 늘어놓는 불평이나 약한 소리를 희귀한 보석처럼 소중하게 받아들이고 가슴에 품었다. 절대 다른 사람의 눈길이 닿지 못하게 하려고 했다.

끝없이 받아들일 도량도 없는 주제에 그런 능력이 있다고 착각하고서 어중간하게 노력해온 것이야말로 내 잘못이었다. 시즈 씨가 한 말은 어떤 의미에서는 옳았다. 좀 더 일찍 내겐 당신의 어리광을 받아줄 재주가 없다고 히로키에게 밝혔어야 한다. 그러나 이미 늦었다.

행방불명을 선언한 처지에 최종적으로 고향 섬에 정착한 히로키는 어리광을 부린 것이다. 수십 년 전에 떠난 섬이라도 아직 미츠에 씨의 지인이나 친척이 여럿 산다. 미츠에 씨의 귀에 금방 소문이 들어간 것도 당연하다.

오히려 소식이 전해지기를 바랐을 것이다. 자기가 연락할 용기는 없지만 여기에 있다고 알리고 싶었겠지. 데리러 와주기를 바랐을까?

"말해두겠는데 당신을 데리러 온 게 아니야."

내 말에 히로키는 눈을 껌벅였다.

"히로키, 나랑 이혼해줘. 전부 다 내던지고 도망치는 건 이제 그만해."

짊어지긴 뭘 짊어져? 히로키가 실종됐을 때 나는 이렇게 생각했다. 누구에게나 좋은 사람으로 보이려다가 궁지에 몰렸을 뿐이면서 자기가 피해자라도 된 것 같은 소리는 하지 말라고 생각했다. 그런 소리를 하고 사라지면 남은 사람들은 다들 고민한다. 내 태도가 잘못된 걸까? 내가 해줄 수 있는 일이 있지 않았을까?

비겁한 짓이다. 자기가 해야 할 뒷수습을 남은 사람들에게 강제로 떠맡기는 건.

"당신은 시즈 씨한테서도 도망쳤지?"

"그건."

구부정하게 숙이고 있던 히로키가 고개를 들더니 헛기침을 했다.

"시즈가 결혼하자는 소리를 꺼내서 거리를 두는 편이 좋겠다 싶어서."

더듬더듬 변명을 늘어놓았다.

"나는 유미랑 아직 결혼한 상태인데 자꾸 밀어붙이면 곤란하잖아."

"그렇다면 당사자한테 곤란하다고 제대로 말하란 말이야. 지금은 말하지도 않고 도망친 거 아냐?"

내가 테이블을 탕탕 두드리자 히로키가 놀라 고개를 움츠렸다.

"……저기 당신, 원래 말투가 그런 사람이었나?"

히로키는 눈을 치뜨고 나를 살폈다.

"좀 변했네."

"아, 그래?"

팔짱을 끼고 고개를 기울였다. 비난 어린 히로키의 말투는 내게 전혀 타격이 되지 않았다. 변했다면 히로키에게 거북한 여자가 됐다는 소리일 테니 오히려 바라던 바다.

"어쨌든 시즈 씨한테 한때 도움을 받은 거잖아?"

히로키가 다시 눈을 내리깔았다.

"그건 그렇지만, 그래도 좀."

"그러니까 입 다물고 사라지면 안 돼. 아주 잠깐이라도 시즈 씨가 곁에 있어줘서 좋았잖아? 당신은 모습을 감추면 상대방도 알아서 당신을 잊어줄 거라고 착각하나 본데, 아니야. 어중간하게 끝난 걸 잊으려면 엄청난 에너지가 필요하다고. 그러니까 히로키."

나는 자리에서 일어났다.

"지금 시즈 씨한테 다녀와."

"뭐?"

히로키가 당황해 또 눈을 치뜨고 "……나랑 같이 가줄 거야?" 하고 물었다.

"내가 왜 같이 가. 정신 좀 차려."

나는 유명인의 불륜 스캔들이 터졌을 때, 그 유명인의 아내가 나와서 관계자에게 사과드린다는 소리를 할 때마다 '왜 저래? 배우자를 왜 끌어들이는데'라고 생각하는 사람이다.

얼른 다녀오라고 히로키의 등을 떠밀며 혹시라도 도망치지 않도록 같이 밖으로 나왔다.

둑 쪽을 보았다. 바다도 하늘도 새까매서 경계가 구분되지 않았다.

가로등 없는 길을 걸으려니 불안했다. 오로지 달빛에 의존해 걸어야 한다.

히로키가 밤바다는 기분 나쁘다고 중얼거렸다. 시즈 씨의 집에 가기 그렇게 싫은지 멈춰 서서 꾸물거리고 있었다.

"어둡고 조용하니까 좀 무섭지."

나는 부글부글 속이 끓었지만 일단 말을 맞춰주었다.

"나는 원래 바다를 싫어했어."

"정말? 섬에서 자랐는데?"

"강도 호수도, 물가는 다 싫어."

"그렇구나, 몰랐네."

"저 바다에서."

히로키가 손가락으로 바다를 가리켰다.

"……저기에서 어머니가 죽으려고 한 적이 있어."

"미츠에 씨가?"

말도 안 된다. 그렇게 사랑스럽고 세상사에 집착하지 않는 미츠에 씨가 자살이라니.

그때는 히로키의 아버지가 애인을 만들어 집에 돌아오지 않던 시기였다고 한다. 미츠에 씨는 당시 여섯 살이었던 히로키의 손을 잡고 바다로 첨벙첨벙 들어갔다.

"어머니는 아버지의 애인 이야기는 하지 않았지만 나는 다 알고 있었어."

히로키가 덤덤하게 말했다. 밤에 부모님이 싸우는 모습을 몇 번이나 봤다고 한다.

여름방학이었다. 목욕 수건을 배에 덮고 낮잠을 자고 있었다. 문득 눈을 떴더니 미츠에 씨가 히로키를 들여다보고 있었다. 그 얼굴이 마치 놋페라보*처럼 보였다고, 히로키는 어둑어둑한 바다에 시선을 고정한 채 말했다.

"히로키, 엄마랑 같이 죽어줄래?"

그때 미츠에 씨는 그렇게 말했다.

미츠에 씨는 신발도 신지 않은 채 히로키의 손을 잡고 길을 건너 조금의 망설임도 없이 개펄을 지나 바다로 들어갔다. 싫다고 하고 싶었지만 겁에 질려 목소리가 나오지 않았다. 동시에 엄마가 불쌍하다는 생각도 했다. 잠깐이지만 엄마와 같이 죽어도 괜찮다는 기분이 들었다고 한다.

"그래도 간신히 목소리를 짜내서 싫다고 외쳤어. 놀라서 어머니 손에 힘이 풀렸고, 나는 바로 뿌리치고 혼자 뭍으로 돌아왔어. 지금 이게 뭔가 싶더라. 중간에 넘어져서 머리부터 발끝까지 홀딱 젖었어. 코에 바닷물이 들어가서 아렸어. 뭍에

---

* 사람 형태를 했는데 얼굴에 눈, 코, 입이 없는 귀신.

서서 죽고 싶으면 혼자 죽으라고 외쳤어. 그제야 어머니도 꿈에서 깬 표정으로 바다에서 나왔고."

나중에 미츠에 씨는 히로키에게 사과했다. 히로키의 인생은 히로키의 것이니까. 아무리 부모라도 그걸 멋대로 끝낼 권리는 없으니까.

후지이 카즈마의 영화 「길동무」를 봤을 때, 미츠에 씨는 "같이 있어서 죽을 것 같으면 헤어지는 편이 낫지"라고 말했다. 영화를 보고 느낀 감상만이 아니었다.

"몰랐어."

정말 몰랐어, 다시 한 번 말했다.

"말한 적 없으니까."

남에게 말한 것은 처음이라는 히로키에게 왜 숨겼는지 묻지 않았다. 나도 히로키에게 말하지 않은 것이 많다.

우리는 서로 말해야 할 것은 말하지 않고 말하지 않아야 할 것만 말한 부부 사이였다.

히로키가 나를 보았다.

"유미."

나를 부른 히로키는 고개를 숙였다 들었다 하며 한참을 머뭇거렸다. 참을성 있게 기다렸더니 마지막으로 손을 잡아도 되겠느냐고 물었다.

"……응."

대답하면서 멀어졌다고 생각했다. 허락을 받아야 상대의 몸에 닿을 수 있을 정도로 우리는 멀어졌다. 조심조심 내 쪽으로 내민 히로키의 손을 잡았다. 거칠고 차가웠다. 내 손이 폭 들어갈 정도로 큰 손이었다.

외톨이였다. 문득 깨달았다. 이렇게 손을 잡고 있어도 우리는 각자 외톨이였다. 사랑을 나누던 때부터 줄곧. 조금 더 빨리 깨달았다면 지금과는 다른 부부 사이가 되었을지도 모른다고, 저 먼바다에 뜬 섬을 바라보듯 무심히 생각했다. 후회가 아니라 단순한 감상이었다.

천천히 잡았던 손을 놓았다.

"유미."

히로키의 목소리가 떨렸다.

"우리는 정말 무리일까?"

"응."

나는 틈을 주지 않고 대답했다.

"헤어지려고 온 거니까."

"그래."

히로키는 의외로 순순히 고개를 끄덕였다.

"여자는 일단 헤어지겠다고 결심하면 흔들리지 않으니까."

"여자라서가 아니야."

내가 말을 막자 히로키가 "어?" 하고 의아한 표정을 지었다.

"내가 이제 흔들리지 않는 거야."

"그래."

히로키가 "맞아, 그랬지" 하고 웃어 보였다.

"이혼 서류는 우편으로 보내줘. 도장을 찍어서 다시 보낼 테니까."

히로키가 한숨을 내쉬며 말했다.

지금 갖고 있으니까 나중에 주겠다고 하자 또 작게 웃었다.

"준비성 한번 좋다."

"자, 다녀와."

그를 보내주었다. 떨어진 곳에서 히로키가 초인종을 누르는 모습을 지켜보았다. 히로키. 속으로 그를 불렀다. 당신은 그래도 아주 오래전에 시즈 씨의 마음을 구해줬을 거야. 히로키를 맞이하는 시즈 씨의 표정은 잘 보이지 않았지만, 멀리 서 있는 나를 보고 인사를 건넸다. 시즈 씨 옆에서 작은 그림자가 움직였다. 쇼타였다.

쇼타가 맨발로 달려왔다. 손에 종이를 쥐고 있었다. 나도 모르게 마주 달려갔다. 쇼타는 나를 올려다보며 종이를 내밀었다. 그림 같았다.

스마트폰의 불빛에 비춰 그림을 보았다. 여자로 보이는 인물이 둘, 머리가 긴 한 명은 빨간 입술을 활짝 벌리고 웃고 있었다.

"혹시 이거 카에데 씨니?"

쇼타가 고개를 끄덕였다.

웃고 있는 여자 옆에는 머리가 짧은 여자가 있었다. 치마를 입었으니까 여자인 것 같다. 그렇다면 이건 나일까? 카에데 씨보다 가늘고 흐릿한 선으로 그려져 있어서 본질을 절묘하게 꿰뚫은 것 같았다. 입술을 일직선으로 그려서 전혀 즐거워 보이지 않았다.

손에 갈색의 둥그런 무언가를 들고 있었다.

"이건 뭐니? 갈색이네."

"빵. 달걀 넣었어."

아하. 이해했다. 전에 아침 식사로 만든 버터 롤이었다. 마음에 들었는지 묻자 쇼타는 '마음에 들다'의 뜻을 모르겠는지 어리둥절한 표정이었다.

"맛있었니?"

다시 묻자 고개를 끄덕이며 맛있었다고 대답했다.

"그랬구나."

나는 눈높이를 맞추려고 쪼그려 앉았다. 이제 이 아이에게 아침을 만들어줄 기회는 없을 것이다.

"돌아가기 전에 어떻게 만드는지 종이에 적어 알려줄게. 저기에 넣어놓을 거야."

현관 옆의 우편함을 가리키며 말하자 쇼타가 또 고개를 끄덕였다.

"글자를 읽을 줄 알고 부엌에 설 수 있을 만큼 크면 직접 만들어봐. 아줌마도 어려서부터 직접 요리를 했거든."

주변 어른들이 '엄마가 저런 사람이니까' 같은 이상한 말을 할지도 모르지만 그런 건 무시해도 돼. 어른이 하는 말이라고 다 옳다고 생각하면 안 돼. 어른이라고 항상 옳은 말만 하는 건 아니니까. 근거 없는 편견에 사로잡혀 이상한 생각을 하고 얼토당토않은 감정을 느끼는 사람들이거든. 틀린 말도 잔뜩 할 거야.

이렇게 말해주었지만 쇼타가 얼마나 알아들었을지는 모르겠다.

나는 어쩌면 쇼타가 아니라 예전의 내게 이 말을 들려주고 싶은지도 모른다.

애, 유미코. 어른이 되어도 세상은 네 마음대로 되지 않아. 자유로워지지도 않아. 어른이 되어도 사람들은 온갖 참견을 할 거야. 그래도 최소한 자기가 먹을 것을 직접 준비할 순 있어. 왕자님이 나타나지 않더라도 자기 발로 걸어갈 수 있어.

　팬찮다고는 말하지 않겠다. 그런 무책임한 말은 하지 않을 것이다. 그래도 살아. 부디 살아주렴. 진심으로 바랐다.

21. 나의 장례식

카 에 데

나카자와와 둘이서 연락선 선착장 근처를 걸었다. 내일모레 돌아간다고 연락했더니 만나러 와주었다. 어머니를 병원에 모셔다드리고 진료와 약 처방이 끝나기를 기다리는 한 시간 동안만 만날 수 있었다. 내일은 고기잡이를 하러 나가서 만나지 못한다고 했다.

"어머님, 어디 안 좋으셔?"

"노인네들은 다 아프지."

혈압이 높고 콜레스테롤 수치도 높다고 했다. 나카자와는 잘 그을린 뺨을 양손으로 쓸며 말했다.

"그럼 내일 미가와리 상 행사는 보고 가는 거네."

"응."

조금 귀찮기는 했지만 유미코가 모처럼 열심히 만든 인형을 태우는 광경을 보러 가고 싶다고 해서 그러기로 했다.

나카자와의 지인과 계속 마주쳤다. 그들은 데이트를 하냐며 한마디씩 농을 쳤다. 그래, 데이트다, 부럽냐고 여유만만하게 대꾸하는 나카자와의 옆모습을 훔쳐보았다.

처음 만난 날, 벤치에서 대화를 나누다가 어쩌다 보니 운전면허 이야기가 나와 그가 지갑에서 자기 면허증을 꺼내 보여주었다.

"헤에."

나는 나카자와의 손 가까이 고개를 들이밀었다. 거리가 가까워졌다. 고개를 들자 바로 코앞에 나카자와의 얼굴이 있었다. 회색기가 어린 눈동자를 아주 가까이에서 봤다. 나는 그 눈을 가만히 응시했다. 무의식적으로 그렇게 했다. 히라츠카 씨는 피부색이 하얗고 턱 윤곽이 더 둥그렇다. 히라츠카 씨와 나카자와는 전혀 닮지 않았다.

나카자와의 턱에는 미처 면도하지 못한 수염이 자라 있었다. 만지면 까끌거리지 않을까 생각하며 무심코 손을 뻗었다. 그러나 만지지는 못했다. 나카자와가 천천히 내게서 멀어졌다. 자연스러운 동작이었다.

"다른 사람을 생각하는 여자를 상대할 마음은 없어."

나카자와는 내게서 시선을 피하며 그렇게 말했다.

꿰뚫어 보고 있었다. 어떻게 그럴 수 있는지 모르겠지만 나를 전부 꿰뚫어 보고 있었다.

말문이 막힌 나를 보고 나카자와가 웃으며 고개를 숙였다. 역시 그랬군, 혼잣말처럼 말했다.

미안하다고 말하려다가 오히려 실례가 될 것 같아 그만두었다.

그때 나카자와는 나를 보면 떠오르는 사람이 있다고 했다.

"닮았어?"

"그렇진 않아."

그 닮았다는 사람이 누구일지 생각하며 옆을 걷는 나카자와의 얼굴을 다시 훔쳐보았다. 그때의 일이 떠오르니 면목이 없어서 선물 가게 앞에서 걸음을 멈췄다.

"신세를 많이 졌으니까 선물을 사줄래."

"선물?"

나카자와는 의아한 표정으로 나와 선물 가게를 번갈아 보았다.

"됐어, 그런 거."

무슨 소리를 하느냐며 웃었다.

"됐다고 하지 말고. 아, 이건 어때?"

입구 가까이에 걸려 있다는 이유만으로 손에 든 열쇠고리
는 믿기지 않을 만큼 촌스러웠다. 그럼 이건? 이건? 가게 안
에 있는 상품을 인형부터 과자까지 하나하나 들어 나카자와
에게 보여주었다. 뭐든 좋으니 나카자와에게 선물을 하고 싶
었다. 지금 나는 그에게 줄 만한 것이 없었다.

"그럼 이거."

나카자와는 고양이 형태를 한 지름 1센티미터 정도의 싸구
려 부적을 들어 보였다. '개운'이라고 적혀 있었다.

"지갑에 넣어둘게. 이거 사 줘."

"알았어."

지갑을 열어 계산하는 사이 나카자와의 스마트폰이 울렸
다. 병원에 있는 어머니가 끝났다고 연락했나 보다.

"슬슬 갈게."

"응."

"이거 고마워."

나카자와가 고양이 부적을 흔들었다.

"나야말로 고마워."

나카자와는 손을 흔들고 돌아섰다. 산뜻 담백했다. 성큼성
큼 걸어가는 뒷모습을 배웅했다. 곧 골목을 돌아 모습이 보

이지 않았다.

좀 더 많은 이야기를 나누고 싶었다. 한편으로 이렇게 미련 없는 관계여서 좋았다는 생각도 들었다.

이번에는 혼자 여기저기 돌아다니기로 했다.

식당 앞을 지나는데 마침 안에서 나온 남자가 육만 엔을 들고 튄 그놈과 닮은 것 같았다. 돌아가서 확인해볼까 했지만 그만두었다. 어차피 나는 그놈의 얼굴을 제대로 기억하지 못한다.

열일곱 살 여름방학 때부터 시작해서 몇 명이나 되는 남자와 만났는지 속으로 셈하다가 금방 질렸다. 다들 얼굴도 생각나지 않는다. 전근 간다고 해서 따라와 같이 살았던 그 사람조차.

선명하게 떠오르는 사람은 히라츠카 씨뿐이다.

전화가 울려서 가방에서 꺼냈다. 공중전화에서 걸려온 전화여서 미심쩍지만 받았다. 여보세요? 끈적거리는 남자 목소리가 들렸다. 잊을래야 잊을 수가 없다. 요코지였다.

"전화 어떻게 된 거야? 문자도 안 가는 것 같던데."

요코지의 말을 잠자코 들었다. 둔감한 척을 하는 것인지 정말 몰라서 묻는 것인지 판단이 서지 않았다.

"이봐, 시마다 씨. 착각하는 거 아니야? 남자의 애를 태워서 쫓아오게 하려는 속셈인가보지? 그런 건 젊을 때나 효과가 있는 방법이야. 나는 당신이 혼자 쓸쓸할 테니까 이렇게 신경을 써주는 거라고."

요코지의 말에 나는 코웃음을 쳤다. 요코지는 제멋대로 지껄였다.

"마흔을 넘은 아줌마 주제에 남자가 말을 걸어주는 것만으로도 고맙게 생각해야지."

이 정도라면 자기도 건드릴 수 있다고 생각한 여자를 마음대로 주무르지 못하는 것이 그렇게 굴욕적이었을까? 나는 묵묵히 스마트폰을 고쳐 들었다. 이 자식은 지금 공중전화로 전화를 걸었다. 자기 번호를 착신 거부해두었으니까 일부러 공중전화 박스를 찾아 나에게 전화를 걸었다. 뭐가 그렇게 분하고 억울해? 웃기지도 않아.

메종 드 리버 앞에서 요코지를 보고 나는 완전히 겁에 질렸다. 경찰을 부르는 것조차 유미코에게 부탁했다. 저렇게까지 달라붙다니 혹시 내가 자각하지도 못한 사이 요코지가 착각할 만한 행동을 했는지도 모른다고 반성까지 했다. 그러나 아니다. 지금은 알겠다. 적어도 저 남자에 한해서 내가 잘못한 것은 없다. 절대로.

숨을 깊이 들이쉬고 뱉었다.

"말을 걸어주는 것만으로도 고맙게 생각하라고? 하, 무슨 헛소리를 하는 거야? 당신이 하는 말에 대체 무슨 가치가 있는데? 뭘 잘못 먹어서 멋대로 착각하는 건데? 당신은 내가 좋아하는 남자도 아니고 그냥 아저씨잖아. 어머, 시마다 씨, 요코지 사장님이 당신한테 관심이 있나봐, 꺅. 절임 공장 사람들이 뭐 이러고 부러워할 줄 알아?"

말해놓고 내가 웃음이 터질 것 같았다. 정말이지, 도대체 뭘 어떻게 해야 이런 웃기지도 않은 착각을 하는 걸까?

요코지는 "너"라고 윽박지르며 으르렁거렸다. 나를 '당신'이 아니라 '너'라고 불렀다.

"너 그럼 대체 뭔데. 맨날 화장을 진하게 하고 옷도 괴상하게 입고 회사에 왔으면서. 남자를 유혹하러 온 게 아니면 뭐냐고."

수화기 너머로 꽥꽥 소리를 질러대서 듣고 있기만 해도 속이 뒤집혔다. 나는 이번에야말로 소리 높여 웃었다.

"이봐요, 사장님."

간신히 웃음을 진정시키고 나는 말했다. 일부러 사장님이라고 비꼬았다. 요코지는 대답하지 않았다.

"여자가 화장하고 옷을 예쁘게 입는 건 남자를 위해서가 아니에요. 자기 자신을 위해서지. 적어도 나는 그래요. 물론 남자에게 보여주려고 그럴 때도 있어. 그래도."

나는 다시 숨을 들이쉬고 내쉬었다.

"그래도 적어도 그 남자가 댁은 아니야."

요코지는 일언반구 없이 전화를 끊었다.

좀 더 일찍 이렇게 말했어야 했다. 나는 스마트폰을 가방
에 넣었다.

상점가에는 셔터를 내린 가게도 많았다. 눈요기나 할 생
각에 도자기를 파는 가게에 들어갔다. 그다지 넓지 않은 가
게를 둘러보다가 감탄했다. 섬에 도자기를 굽는 가마가 여럿
있는 것 같았다.

도자기에 흥미는 없지만 이렇게 잔뜩 놓여 있으니 장관이
었다. 선반에 다섯 개가 나란히 진열된 커피 잔을 들었다. 유
백색 잔에 연한 복숭아색 반점이 드문드문 새겨져 있었다.

"그 반점은 의도해서 나온 게 아니에요."

점원이 다가와 설명해주었다. 가마의 화력, 유약, 기타 다
양한 환경의 차이로 서로 다른 무늬가 만들어진다고 했다.
커피 잔을 가리키면서 하나하나 다르다고 설명해서 자세히
살펴보니 정말로 다섯 개 다 반점의 무늬가 달랐다. 손으로
직접 빚어서 똑같은 것이 없다고 설명하는 점원은 자부심이
넘쳐 보였다.

자기가 다루는 상품에 깊은 애정을 품은 것 같았다. 왠지 부러웠다. 나는 지금까지 일하면서 그런 마음을 품은 적이 단 한 번도 없다.

반점의 색이 가장 연하고 예뻐 보이는 것을 손에 들었다. 사고 싶었다. 이 잔에 커피를 타서 히라츠카 씨에게 주면서 반점 이야기를 하면 흥미진진하게 들어줄 것이다.

그때, 하고 싶은 말을 꾹 참고 웃으며 히라츠카 씨를 보낸 것은 이 여자는 번거롭고 귀찮다는 기억을 갖게 하고 싶지 않았기 때문이다. 뒤탈 없이 헤어지면 언젠가 히라츠카 씨의 마음이 약해졌을 때 나를 떠올려주지 않을까? 다시 우리 집에 찾아와주지 않을까? 무의식중에 이런 얄팍한 계산을 했다.

"하나 주세요."

나는 점원에게 말했다. 커플이 아니어도 좋다. 내 방에 와주지 않아도 나는 히라츠카 씨에게 이 커피 잔을 주고 싶었다. 하지만.

"아니다, 두 개 주세요."

따로따로 포장해달라고 말했다. 내 것과 유미코 것. 이게 좋다.

히라츠카 씨는 이제 나를 찾아오지 않는다. 그런 것쯤은 나도 잘 안다.

가게를 나와 다시 걸었다. 만약 지금, 혹은 내일 내가 죽는다면 상주를 엄마가 맡을지, 아니면 오빠가 맡을지 멍하니 생각했다. 오빠나 동생은 분명 화를 낼 것이다. 부모보다 먼저 죽다니 불효도 이런 불효가 없다고 지극히 마땅한 소리를 하며 장례식에 온 사람들에게 "형편없는 여자애였습니다"라고 말할지도 모른다. 고인은 형편없는 여자애였습니다.

하지만 그래도 좋다. 그게 좋다. 나는 죽을 때까지 나일 뿐이다. 장례식에서 고인은 훌륭한 사람이었다는 말을 들으려고 사는 것이 아니다. 커피 잔이 깨지지 않도록 조심히 품에 안았다.

나는 나를 위해서 산다. 히라츠카 씨가 좋았다. 정말 좋다. 그렇다고 내가 히라츠카 씨를 위해서 사는 것은 아니다.

"카에데 씨."

뒤에서 나를 부르는 소리가 들렸다. 돌아보지 않아도 누군지 안다. 유미코가 스티로폼 상자를 안고 느릿느릿 다가오고 있었다.

다리를 다친 탓에 걸음이 느렸다. 한쪽 다리를 끌면서 걸었다.

"전에 가르쳐준 그 어업 협동조합 근처 직판장 말이야. 진짜 싸더라. 새우랑 이것저것 샀어."

유미코는 기분이 좋아 보였다. 나카자와가 가르쳐준 직판장 지도를 그려주었더니 혼자 다녀온 모양이었다.

내가 들겠다며 스티로폼 상자를 유미코에게서 빼앗았다.

"들어주게?"

"당연하지."

다리를 다친 사람한테 이런 걸 들게 할 순 없다고 하며 유미코의 다리를 내려다보았다.

"카에데 씨, 다정하네?"

"당연하지. 그렇다고 밑도 끝도 없이 기대진 마라?"

"안 그래."

신기했다. 낯선 곳을 걸으면서 평소와 똑같이 대화를 나누다니. 심지어 그런 사건이 있던 후인데도.

도와줘. 전화 너머로 유미코의 목소리를 들은 순간, 나는 정말로 머리가 핑 돌 것 같았다.

도와야 한다. 유미코가 내게 도와달라고 했다. 그러니 반드시 도와줘야 한다. 그렇게 생각했다. 하지만 나는 생각만 했지 아무것도 하지 못했다. 유미코를 구해준 사람은 마침 그곳에 있던 마키코 씨라는 아줌마였고, 유미코의 남편을 잡으러 가느라 차를 운전해준 사람은 나카자와였다. 그런데도 유미코는 어제 몇 번이나 내게 고맙다고 했다.

사실은 내가 유미코에게 고맙다고 해야 한다. 섬에 같이 가자고 해줘서 고마워. 한밤중에 호텔까지 자전거를 타고 데리러 와줘서 고마워. 나랑 친구로 지내줘서 고마워.

"아, 오늘 저녁은 뭐 먹을까?"

유미코가 갑자기 생각났는지 물었다.

"튀긴 거."

나는 재깍 대답했다. 전의 그 구시아게가 먹고 싶었다.

"그거?"

"응, 그거. 맛있었어."

"카에데 씨는 튀긴 음식을 정말 좋아하는구나."

친구로 지내줘서 고맙다고 말하는 대신에 나는 이렇게 대답했다.

"아니야, 네가 만들어준 요리는 다 좋아해."

유미코는 기쁘다며 이를 드러내고 환하게 웃었다.

22. 아름답지 않은 삶

유미코

하늘이 조금 흐렸다. 우리가 도착했을 무렵에 행사는 이미 시작된 뒤였다. 모래사장에 설치한 단에 불이 활활 피어오르고 있었다. 가족과 같이 온 마키코 씨가 나와 카에데 씨를 발견하고 손을 흔들었다.

"단술 있는데 마실 거지?"

청년단이라고 적힌 완장을 찬 남자들이 텐트에서 단술을 나눠 주고 있었다. 마시겠다고 하자 종이컵에 따른 단술을 가져다주었다.

"이거 챙겨놨어."

제일 형태가 좋은 것으로 골랐다며 마키코 씨가 미가와리 상 두 개를 내밀었다.

미가와리 상이 예쁘게 생길수록 소원이 잘 이루어진다는 속설은 없지만 마키코 씨의 호의를 감사히 받았다. 마키코 씨가 몸통에 매직으로 소원을 쓰라고 했다.

스마트폰이 울렸다. 미츠에 씨였다. 그러고 보니 히로키를 찾았다고 알리지 않았다. 히로키에게 연락을 꼭 하라고 했는데 과연 연락했는지는 모르겠다.

"유미코 씨, 미안해."

여보세요, 라고 말하기도 전에 미츠에 씨가 뜬금없이 사과했다. 주변이 왁자지껄해서 시끄러웠다. 밖에서 전화를 걸었나 보다.

"미츠에 씨? 무슨 일이에요?"

히로키를 찾았다고 알리자 미츠에 씨는 "웅? 어머, 그랬어?" 하고 반응했다.

"히로키에게 문제가 좀 있긴 했는데 어쨌든 건강은 괜찮은 것 같아요."

"그거 다행이네."

육지로 돌아가라고 전할지 말지 묻자 됐다는 대답이 돌아왔다.

"곧 오십이 되는 아들이 어디서 어떻게 살지는 자유지."

"그건 그렇죠."

히로키의 인생은 히로키의 것이다. 옛날에 있었던 일을 들었다고 미츠에 씨에게 말할 생각은 없었다. 지금도 앞으로도.

"미츠에 씨, 저기……."

"아니야, 그보다."

미츠에 씨는 안달이 난 목소리였다.

"지금 내 앞에 누가 있는지 알아?"

후지이 카즈마. 미츠에 씨는 우리가 동경하는 별의 이름을 말했다. 영화 촬영으로 그 동네에 왔다는 것이다. 아까 미안하다는 사과는 섬에 가지 않았더라면 지금 그곳에 함께 있었을 테니 미안하다는 의미였나 보다. 장을 보러 가다가 길에서 우연히 목격했다고 한다.

"지금 후지이 카즈마 뭐 하고 있어요?"

"긴 겉옷을 입고…… 저런 걸 벤치 코트라고 하나? 그리고 뒷짐을 지고 서 있어."

구경꾼이 잔뜩 있고, 후지이 카즈마는 사람들 중심에 선 젊은 여자 배우가 감독과 대화하는 모습을 지켜보는 중인 것 같다는 미츠에 씨의 설명을 들으며 그 광경을 상상했다.

"실물이 어때요?"

"늠름해."

그리고 역시 멀다고 했다.

"역시 별이네요."

나도 감탄을 담아 대답했다. 현장을 떠났는지 별안간 미츠에 씨 주변이 조용해졌다.

"괜찮아요? 더 보시지 그래요."

"괜찮아, 충분히 봤어. 이제 여한이 없어. 언제 죽어도 좋아."

미츠에 씨가 웃었다.

"안 돼요. 지금 영화를 촬영하는 거라면서요?"

최소한 그 영화가 개봉할 때까지는 살자고 했다. 살아 있지 않으면 나와 같이 보러가지 못하니까.

"그거 맞는 소리네."

미츠에 씨는 조심히 돌아오라고 하고 전화를 끊었다.

카에데 씨가 내게 손짓했다. 나는 아직 소원이 떠오르지 않았지만 모닥불 앞에 길게 행렬이 생겨서 일단 줄을 섰다. 차례가 올 때까지 생각하면 될 테니까.

나쁜 짓이라고 생각하면서도 사람들이 손에 든 미가와리상에 어떤 소원이 적혔는지 훔쳐보았다. '가족 모두가 건강하기를' '어머니의 수술이 성공하기를' 같이 건강과 관련된 소원, '남자 친구가 생기기를' '부자가 되기를' 같이 욕망과 관련된 소원이 주류였다.

내 옆에 나란히 선 카에데 씨는 '내일 무사히 집으로 돌아가기를'이라고 썼다.

"소원이 겨우 그거야?"

카에데 씨는 그렇다고 고개를 끄덕였다. 돌아갈 때까지가 여행이고 돌아갈 곳이 없으면 여행이 아니라 그저 방랑이라고 말했다. 함축적인 말 같으면서도 잘 생각해보니 말장난 같은 소리였다.

어쨌든 그렇다. 지금 우리는 여행을 왔다.

"사실 나는 카에데 씨가 여기 남겠다고 말할지도 모른다고 생각했어."

나카자와 씨를 슬쩍 언급하자 카에데 씨는 웃기만 하고 딱히 대답하지 않았다.

"그런 거 아니야."

그래서 한참 후에 카에데 씨가 한 말이 어떤 의미인지 바로 알아듣지 못했다.

"응? 뭐가?"

"그러니까 나카자와랑. 그런 게 아니라고."

그런 게 아니니까, 그래서 좋았다. 카에데 씨는 알쏭달쏭한 소리를 했다.

"그런 게 아니어서 좋았던 거구나."

나는 이해하지는 못했지만 말을 받았다.

"응. 좋았어."

나카자와 씨 이야기를 하는 카에데 씨의 얼굴이 대단히 아름다워 보였다. 그래서 잘은 모르겠지만 좋았다는 것만은 이해했다. 우리는 한동안 입을 다물고 있었다.

"둘이 같이 왔는데 결국 따로따로 움직였네."

카에데 씨의 말에 고개를 끄덕였다.

"다음에는 바다나 산이 아닌 곳에 가자. 라스베이거스 같은 곳."

라스베이거스는 확실히 바다도 산도 아니고 무엇보다 카에데 씨와 잘 어울렸다.

아마 어디를 가든 우리는 서로에게 친근하게 달라붙어 있지는 않을 것이다.

외톨이다. 그리고 생각했다. 부부든 친구든 같이 있다고 '둘'이라는 새로운 무언가가 되지 않는다. 그저 외톨이와 외톨이일 뿐이다.

"이혼할 거야?"

카에데 씨가 앞을 보고서 물었다. 나 역시 앞을 보고 그렇다고 대답했다.

"시즈한테 주려고?"

그런 건 아니라고 고개를 저었다. 나와 히로키의 이혼은 우리의 문제다. 히로키와 시즈 씨가 어떻게 할지는 그들의 문제다.

바람이 불어 불꽃이 잠깐 시들었다가 다시 불타올랐다. 불똥이 튀었다. 주황색 손가락이 하늘을 향해 뻗어 올라가는 것처럼 보였다.

불의 세례를 받은 것은 연기와 함께 하늘로 올라간다고 한다. 수많은 사람의 죄와 부정을 품은 수많은 미가와리 상이 손에 손을 잡고 하늘로 올라가는 광경을 상상했다. 멀리서 보면 하얀 리본처럼 보일 것이다. 수많은 사람의 죄와 부정으로 엮인 리본. 내 상상 속에서 그것은 두둥실 춤추며 하늘에 아름다운 하얀 선을 그렸다.

"유미코, 저기."

카에데 씨가 내 옷깃을 끌어당겼다. 돌아보니 저 멀리 히로키가 있었다. 혼자인지 살펴보았다. 뒤에 시즈 씨가 있었다. 나보다 덩치가 작은 시즈 씨가 히로키의 몸에 완전히 가려져서 바로 보이지 않았을 뿐이다. 시즈 씨의 손은 쇼타의 손을 붙잡고 있었다.

쇼타는 활활 타오르는 불꽃에 정신이 팔렸다. 입을 작게 벌리고 모닥불을 보고 있었다. 하늘색 니트 모자를 쓰고 같은 색의 다운재킷을 입어 전체적으로 둥글둥글했다. 웃음이 나왔다. 쌀쌀한 바닷바람에 몸을 지키려고 시즈 씨가 잔뜩 껴입혔을 것이다.

둘 사이에 어떤 대화가 오갔는지 나는 모른다. 그래도 지금 저렇게 셋이 여기에 왔다는 것은, 그렇게 됐다는 뜻이겠지.

히로키와 시즈 씨와 쇼타는 한 가족처럼 보였다. 법적으로는 아직 아내인 내가 자연스럽게 가족 같다고 생각할 정도로 당연하다는 듯이 그곳에 있었다. 신기했다. 나와 히로키가 만나기 훨씬 전부터 시즈 씨와 히로키가 알고 지냈다는 사실을 알고 있기 때문일까?

분한 것 같기도 한 어둑어둑한 감정이 가슴속에 퍼졌다. 그래서 나는 안도했다. 한때 저 사람을 진심으로 좋아했다는 생각이 들었다.

시즈 씨가 나를 발견했다. 히로키에게 뭐라고 속삭였다. 히로키가 잠깐 이쪽을 보더니 시선을 피했다. 이번에는 히로키가 시즈 씨에게 뭐라고 말했다. 시즈 씨는 고개를 끄덕이고 쇼타의 손을 놓았다.

히로키가 어색하게 허리를 숙여 쇼타에게 말을 거는 사이에 시즈 씨가 내게 다가왔다.

뒤에 선 사람들에게 양해를 구하고 줄에서 벗어났다.

"다리요."

시즈 씨가 내 발목을 보며 물었다.

"아직 아프세요?"

"굳이 따지면 시즈 씨가 때린 머리가 더 아파요."

말했다. 말해주었다. 최소한 이 정도로 비꼴 권리가 내겐 있다.

"죄송해요."

시즈 씨가 눈을 내리깔고 입술을 깨물었다.

"제가 그때 좀 필사적이어서."

히로키 오빠를 유미코 씨가 데려가는 줄 알았다고 주섬주섬 늘어놓는 그녀의 말을 들으며 멀리 떨어진 히로키를 바라보았다.

"하나만 물어도 될까요?"

시즈 씨가 고개를 들었다.

"히로키는 시즈 씨의 왕자님이었나요?"

히로키는 어색하기 짝이 없는 태도로 쇼타와 손을 잡고 있었다.

왕자님, 이라고 내 말을 되뇌던 시즈 씨는 곧 말뜻을 이해했다.

"네. 예전에도 그랬고 지금도 그래요."

시즈 씨가 다시 입술을 깨물었다.

"나이를 먹을 만큼 먹었으면서 바보 같다고 생각하죠?"

나이를 먹을 만큼 먹었다고? 나는 웃었다. 스무 살이든 마흔 살이든 바보 같은 짓은 한결같이 바보 같은 짓이다. 나는 왕자님을 원하지 않는다. 시즈 씨는 원한다. 원하는 것이 다를 뿐인데 어느 쪽은 옳고 어느 쪽은 그르다고 판단하는 것이야말로 바보 같다.

우리는 아무리 나이를 먹더라도 원하는 것을 원할 권리가 있다. 얻으려고 할 권리가 있다.

나도 항상 옳은 것은 아니다. 내 삶은 분명 아름답지 않다. 수도 없이 틀리고 남에게 수도 없이 상처를 주고, 과거에 저지른 죄와 부정을 불에 태워 용서를 받으려고 한다. 그렇지만 옳지도 않고 아름답지도 않게 산다는 사실을 아는 나는 적어도 다른 사람이 진심으로 원하는 대상을 가치 없다고 비웃거나 부정하지는 않겠다.

'나이를 먹을 만큼 먹었다'고 남을 비웃는 것은 비겁하다.

"전혀 바보 같지 않아요."

시즈 씨는 내 진의를 확인하려는 듯이 눈을 가늘게 뜨고 살피다가 후후 웃음을 터뜨렸다.

"나는 역시 당신이 싫어요."

차라리 바보 같다며 비웃는 편이 낫다고 했다.

"그렇게 괜히 여유 만만한 태도를 보이니까 더 얄미워."

"나도 시즈 씨를 전혀 좋아하지 않는데요."

나도 웃으며 다시 줄을 섰다.

행렬의 제일 끝으로 가려고 했는데, 바로 뒤에 섰던 사람이 괜찮다고 해서 고맙다고 하고 원래 있던 자리에 섰다.

"쟤가 뭐래? 이 도둑고양이 같은 게! 막 이래?"

카에데 씨가 싱글싱글 웃으며 물었다.

"굳이 따지면 내가 할 말이 아닐까? 할 리도 없지만."

"아, 그런가."

카에데 씨가 그도 그렇다는 듯이 수긍했다.

"여자끼리 싸운다고 하면 왠지 그 말이 생각나서."

"시즈 씨가 히로키를 훔쳐간 것도 아닌데, 뭐."

"그래도 살면서 한 번쯤은 해보고 싶은 말 아니야? 절호의 기회였는데 아깝다, 유미코."

카에데 씨는 진심으로 아쉬워했다.

"하기 싫어. 하나도 멋있지 않잖아."

"멋이 없기는. 재미있잖아."

"재미없어도 돼. 카에데 씨는 언젠가 꼭 하기를 바랄게."

돌아보니 히로키는 이미 없었다. 어딘가 있을지도 모르지만 모습이 보이지 않았다. 미가와리 상을 태우러 온 사람은 생각보다 많았다. 사방에서 웃음소리가 들리고, 단술을 나눠주는 청년단의 활기찬 목소리가 울려 퍼졌다.

　내 차례까지 앞으로 세 사람이 남았다. 이쯤 되니 나도 마음이 급해져서 내 미가와리 상을 내려다보았다. 만들어야 할 미가와리 상이 너무 많아서 눈이 침침하다는 할머니가 떠올라 미가와리 상을 만드는 이 섬의 관습이 내년부터 개선되기를 바란다고 썼다. 매직으로 급하게 써서 글씨가 엉망이었지만 읽지 못할 정도는 아니었다.

　내 차례가 되어 미가와리 상을 모닥불로 던졌다. 내 미가와리 상은 다른 사람의 미가와리 상 위에 떨어져 금방 불길에 휩싸였다.

23. 조금만 더 걷고 싶어

유미코

모래사장은 황토색이었고 약간 질퍽질퍽했다. 저 멀리 하얀 건물이 있었다.

도로 쪽을 돌아보니 마키코 씨의 트럭이 보였다. 운전석에서 우리에게 손을 흔들었다. 운동화가 부드러운 모래에 푹푹 빠져 몸이 이리저리 흔들렸다.

마키코 씨가 신칸센 역까지 배웅해주겠다고 해서 셋이 함께 연락선을 탔다. 연락선에서 내려 다시 마키코 씨의 트럭을 타고 한참 달리는데 모래사장이 보였다. 해수욕장이었다. 카에데 씨가 가보고 싶다고 해서 도중에 차를 잠깐 세워달라고 했다. 마키코 씨는 차에 있겠다고 해서 둘이서 모래사장으로 내려왔다.

굽이 높은 구두를 신은 카에데 씨는 나보다 걷기 힘들어했다. 나도 다친 발목이 아직 아파서 천천히 걸었다.

"잠깐만 좀 서봐."

카에데 씨가 말해서 멈췄다. 조금 지쳤나 보다.

나란히 서서 바다를 보았다. 스마트폰이 울려서 보니 마키코 씨가 보낸 메시지가 와 있었다. 그냥 찍고 싶었다는 말과 함께 우리의 뒷모습을 찍은 사진을 보내주었다.

작은 화면 속에서 수평선을 바라보는 우리 뒷모습은 어디에서나 흔히 보이는 중년 여성 그 자체여서 멋이고 뭐고 없었다. 나는 이게 뭔가 싶으면서도 사진을 저장했다.

카에데 씨가 허리를 굽혀 조개껍데기를 주웠다. 어쩌려고 줍는지 이유를 묻자 조금 부끄러워하며 웃었다. 여행의 기념이라고 했다.

아하. 썩 괜찮은 소리였다.

"어떻게 할래?"

카에데 씨가 갑자기 물었다. 나는 무슨 소리냐고 되묻지 않았다.

"당연히 돌아가야지."

내 대답에 카에데 씨도 말했다.

"그래. 돌아가자."

돌아가자. 카에데 씨가 고개를 끄덕였다. 돌아가자.

"그래도 나 조금만 더 걷고 싶어."

커다란 바위가 보이는 곳을 가리켰다. 카에데 씨가 자기도 가겠다면서 옆에서 따라왔다. 걸어. 머릿속에서 소리가 들렸다. 이번에는 다른 사람의 목소리가 아니라 내 목소리였다. 천천히 한 걸음을 내디뎠다.

옮긴이의 말

한 문장 한 문장 읽을 때마다 마음에 스며드는 책을 만나면 기쁘다. 게다가 그 책을 내가 직접 우리말로 옮기는 행운까지 겹치면 말 그대로 하늘을 날 정도로 행복하다. 이런 순간을 겪을 때마다 번역가라는 직업을 선택한 내가 기특하고 또 번역가라는 직업이 나를 선택해준 것에 감사한다.

데라치 하루나는 이 작품으로 국내에 처음 소개되는 작가다. 『비올레타』라는 작품으로 2014년에 포플러사 신인상을 받으면서 데뷔했다. 몇 년 전에 이 작품을 읽었다. 좌절을 겪은 여자가 '관棺'을 취급하는 독특한 가게에서 일하면서 성장하는 이야기였다. 소설 제목이 인상적이고 하루나라는 작가의 이름이 예뻐서 기억하고 있었는데 다시 만나다니 역시 인연이라고 나 혼자 감격한 비화 아닌 비화가 있다.

책을 읽으면서 문장이 건조하고 담담하다는 생각이 들었다. 두 여자가 처한 상황은 알록달록하지도 않고 달거나 짜지도 않다. 자기가 겪는 일과 생각을 말하면서도 한 뼘쯤 떨어져서 지켜보는 듯하다. 본문에 술집에서 만난 모르는 남자와 호텔에 가는 카에데를 머릿속의 또 다른 카에데가 지켜보는 장면이 있는데, 소설의 전체적인 분위기와도 비슷하다. 눈물 흘리고 화를 내고 위기에서 벗어나려고 발버둥을 치지만 격렬하지 않다. 모든 일을 마무리하고 모래사장에 함께 선 마지막 장면도 감정 과잉이 없다. 안정적인 시선이 바탕이 되어 있어서 책을 읽는 내내 위로를 받는 기분이었다.

흥미진진하고 박진감 넘치는 소설은 아니다. 원제목은 『길동무는 있어도, 나 혼자』인데, 이것만 봐도 어딘가 쓸쓸하다. 스릴 만점과는 거리가 멀다는 것을 제목에서부터 알 수 있다. 하나하나 차분하게 짚어주는 서술 방식이 처음에는 지루하기도 했다.

게다가 인물들도 어찌나 답이 없는지! 남편이 무책임하게 도망친 바람에 이혼하고 싶어도 남편 찾기부터 시작해야 하는 유미코, 이 사람이다 싶은 남자를 만나려고 열심이었으면서 좋아하는 남자를 그저 떠나보내는 카에데는 사이좋게도 무직이다. 한 명은 나이가 많다는 이유로 재취업이 쉽지 않아 고민이고, 한 명은 스토커가 붙어서 겁에 질린다. 다른 곳에 가고 싶어서 여행을 떠나지만 그 여행의 목적은 유미코의 남편 포획이다. 그야말로 답답하다. 이 두 사람의 삶에 평온이 찾아오기는 할까?

그런데 읽으면 읽을수록 두 주인공이 나와 가깝게 느껴졌다. 어쩌면 내가 이 두 사람과 비슷한 나이이기 때문일지도 모른다. 나는 이들이 주변인에게 듣는 말과 당하는 행동에 함께 분노하고, 두 다리로 버티고 걸어가는 모습을 보며 응원을 보냈다. 글을 읽는 내내 이들의 모습에 나를 투영해서 보게 되었다. 내게는 이혼할 예정인 행방불명된 남편도 없고 다시 만나기를 바랄 정도로 사랑하는 남자도 없지만, 삶에 버거워하면서도 자기 자신으로서 살아가려고 하는 둘의 모습이 나처럼 혹은 내 친구들처럼 보였다.

'우리는 아무리 나이를 먹더라도 원하는 것을 원할 권리가 있다.'

인상 깊어서 밑줄을 그은 문장이다. 일반적으로 생각하기에 그 나이에 맞지 않는 것을 좋아하거나 추구할 때면 '나잇

값도 못 한다' '나잇살이나 먹어서는' 같은 말을 듣는다. 무시하려고 해도 이런 가시 돋친 말들은 마음속에 차곡차곡 쌓여 나도 모르는 사이에 거대한 장벽이 되기도 한다. 그러나 우리는 원하는 것을 원한다고 외치고, 원하는 것을 갖기 위해 노력하면서 살아도 된다. 그럴 권리가 있다. 손에 넣지 못해 좌절하더라도 저 먼 하늘에 뜬 별을 올려다보면서 또 살아갈 힘을 얻을 것이다.

바다를 바라보며 나란히 선 두 사람의 모습을 상상하면 살짝 눈물이 맺힌다. 외톨이인 여자와 그 옆에 선 외톨이인 또 다른 여자라니, 이토록 아름답고 마음이 든든해지는 그림이 또 있을까? 내가 서른아홉 살의 여자가 됐을 때, 또 마흔한 살의 여자가 됐을 때도 이 두 사람이 생각날 것 같다. 이들 옆에서 함께 걷고 싶다.

걸어, 유미코.

걸어, 카에데.

이소담

옮긴이 이소담

대학 졸업반 시절에 취미로 일본어 공부를 시작했고, 다른 나라 언어를 우리말로 바꾸는 일에 매력을 느껴 번역을 시작했다. 읽는 사람이 행복해지고 기쁨을 느끼는 책을 우리말로 옮기는 것이 꿈이고 목표다. 옮긴 책으로『양과 강철의 숲』『하루 100엔 보관가게』『변두리 화과자점 구리마루당』『그러니까, 이것이 사회학이군요』『당신의 마음을 정리해 드립니다』『오늘의 인생』등이 있다.

같이 걸어도 나 혼자

초판 1쇄 인쇄 2018년 8월 6일
초판 1쇄 발행 2018년 8월 17일

지은이 데라치 하루나
옮긴이 이소담
펴낸이 김선식

경영총괄 김은영
기획·편집 박화수 **디자인** 심아경 **크로스교** 강경선 **책임마케터** 이고은, 기명리
콘텐츠개발3팀장 윤세미 **콘텐츠개발3팀** 심아경, 박화수
마케팅본부 이주화, 정명찬, 최혜령, 이고은, 김은지, 유미정, 배시영, 기명리, 김민수
저작권팀 최하나, 추숙영
전략기획팀 김상윤
경영관리팀 허대우, 권송이, 윤이경, 임해랑, 김재경, 한유현, 손영은
외부스태프 TABACOBOOKS_kitak(표지 일러스트)

펴낸곳 다산북스 **출판등록** 2005년 12월 23일 제313-2005-00277호
주소 경기도 파주시 회동길 357 3층
전화 02-704-1724 **팩스** 02-322-5717 **이메일** dasanbooks@dasanbooks.com
홈페이지 www.dasanbooks.com **블로그** blog.naver.com/dasan_books
종이 한솔피엔에스 **출력·인쇄** 갑우문화사

ISBN 979-11-306-1859-3 (03830)

다산북스(DASANBOOKS)는 독자 여러분의 책에 관한 아이디어와 원고 투고를 기쁜 마음으로 기다리고 있습니다. 책 출간을 원하는 아이디어가 있으신 분은 이메일 dasanbooks@dasanbooks.com 또는 다산북스 홈페이지 '투고 원고'란으로 간단한 개요와 취지, 연락처 등을 보내 주세요. 머뭇거리지 말고 문을 두드리세요.